KB092503

백
일
동
안

백
가
지
이
야
기

일러두기

이 책의 《백유경》 부분은 한역경전인 《百喩經》, 동국역경원에서 간행한 한글번역본 《백유경》 그리고 Tetcheng Liao의 영역본 《One Hundred Fables Sutra》를 참조하여 번역, 윤문하였음을 밝힙니다.

백일동안 백가지 이야기

비유로 풀어 쓴 백유경

이현수 지음
이미령 감수

담앤북스

　사람과 사람이 만나는 것을 인연이 닿는다고 합니다. 사실 인연이란 말은 친분이나 교제 정도에만 쓰이기에는 그 속에 담긴 뜻이 깊고도 오묘합니다. 어떤 일이 이루어지는 데에는 두 가지가 잘 어우러져야 하는데 그렇게 하고자 하는 마음(인因)과 그렇게 되어가는 데에 필요한 여러 가지 조건들(연緣)이 제대로 맞물려서 이루어지는 세상 이치를 나타내는 말이기 때문입니다.

　밥 한 그릇이 내 밥상에 올라오는 데에도 인연이 있었기 때문이요, 위층 사는 사람의 층간소음을 당해야 하는 것도 인연이 있기 때문이요, 길고양이가 내 집에 들어와 내가 집사 노릇을 하는 데에도 인연이 있기 때문이요, 죽어라 고생하다 승승장구해서 보란 듯이 살게 되는 것에도 인연이 있습니다.

　사람이 어떤 사람과 친분을 맺는 것도 인연이 있기 때문입니다. 불교책을 읽고 싶다고 마음을 낸 들돌과 그의 부인 이오의 '뜻'에 마침 불교책 읽기 모임을 하고 있던 '붓다와 떠나는 책여행' 책벗들, 수요일 오후라는 시간, 책 읽으려 모인 공간 등 여러 가지 조건이 아주 제대로 어우러졌기 때문입니다.

그 인연으로 여기까지 왔고, 그 인연으로 경전 에세이가 세상에 나왔고, 어느 날 홀연히 이승을 떠나버린 들돌에게 그 인연으로 이제야 작별 인사를 제대로 드리게 되었습니다. 약속을 귀하게 여기는 분인지라 출판사에 원고를 넘기기로 한 기일에 맞추어 편찮으신 몸임에도 당신의 글을 읽고 또 읽고 다듬으셨을 모습이 그려집니다.

백유경은 백 가지 비유 이야기를 담고 있는데 부처님 말씀을 담은 경이라기보다는 이야기 모음이라고 해야 맞습니다. 가볍게 읽어가기에 좋은 백 가지 이야기들은, 인생과 인간에 대한 풍자와 해학과 신랄한 비판이 담겨 있는 콩트라고 해도 좋고, 드문드문 동식물도 등장하니 우화라고 해도 좋습니다.

장중하고 심오한 내용으로 가득 찬 다른 불교 경전에 비해 가벼운 마음으로 쉽게 읽히는 까닭에 백유경을 어린이용이라고 생각하는 분들이 많지만, 사실 이 경은 어른이 읽어야 할 경입니다. 머리 굵은 어른이 되어서 마치 인생의 오솔길을 다 걸어와 더 배울 것도 없는, 말 그대로 진짜 세상의 '어른'인 것처럼 구는 우리네 보통 사람들이 한 번쯤 진지하게 읽고 그 맛을 오래도록 보면서 자신의 민낯과 만나게 하는 경이 바로 백유경인 것이지요.

그런 면에서 들돌이 일주일에 한 편씩 이 이야기들을 한문 원문으로 읽고 떠오르는 단상을 써 내려간 것은, 백유경이 독자 한 분을 제대로 만났다는 말이 됩니다. 이 책으로 세상에 수많은 분들이 또 한 사람의 들돌이 되어 백유경의 문장 하나하나를 음미하신다면 정말 좋겠습니다.

감히 추천의 말씀을 쓰려고 수도 없이 많은 날을 지내며 어떻게 쓸까를 고민하다 이렇게 문자로 옮겨가다 보니 나도 모르게 들돌의 문체를 닮아갑니다. 들돌의 문체는 만연체입니다. 짧으면 짧을수록 좋다는 요즘 세상에 들돌의 문장 하나하나는 참 길기도 합니다. 가령, "내 흉을 본 사람에게 주먹질을 해댄다면 내 허물을 있는 그대로 드러내는 꼴이 되고 말지만 흉보는 소리를 듣고 내 허물을 고치는 데 그치지 않고 뒷전에서 다른 사람을 흉보는 짓까지도 하지 않게 된다면 그보다 더 바람직한 일이 없을 것이다."라는 문장이 그렇습니다. 긴 문장 사이에 쉼표도 거의 찍지 않아서 어디서 끊어 읽어야 좋을지 모르고 읽다 보면 숨이 차기도 합니다. 그런데 참 묘하기도 한 것이, 이런 문장을 읽고서 "어? 이게 무슨 말이지?"라며 한 번 더 읽다 보면 그 맛이 참 달달하다는 점입니다. 글맛이 아주 좋아서 소박하지만 깊은 맛이 있고 자꾸 씹다 보면 배어 나오는 단맛에 어느 사이에 꿀꺽 삼켜버리는 맛 좋은 음식과 같습니다.

게다가 오랜 직장생활을 하시면서 보고 겪은 이야기들과 동서양 고전을 두루 접하면서 마음에 담아둔 명문장들, 깊이 사색하면서 당신의 것으로 만들어간 부처님 가르침까지 담겨 있으니 말해 무엇하겠습니까.

미처 끝내지 못한 원고 마무리를 제가 맡았지만 한 일은 거의 없습니다. 행여 독자분들이 이 책을 읽으시다가 어떤 문제점을 발견하신다면 평소 깔끔하고 완벽한 마무리를 추구하시는 들돌 아닌, 감수자로 이름을 얹고서도 제대로 살피지 못한 제 불찰입니다.

들돌은 부인의 필명을 '이오'라 지어주셨는데 '너 이爾'와 '나 오吾' 두 글자를 이은 이름이라 들었습니다. 아주 오랜 시간 한 몸으로 움직이셨던 이오와 들돌의 모습이 그려집니다. 그 살뜰한 보살핌을 참으로 고마워하셨지요, 들돌 님은.

들돌 이현수 님의 극락왕생을 간절히 빕니다. 이승에서 수많은 사람과 아름다운 책 인연을 맺어주셔서 정말, 정말 고맙습니다.

2021년 한여름에

이미령 두 손 모읍니다.

목차

정진精進 - 완성을 선언하지 않는 삶

허상虛像 - 거짓의 무게

백유경은 5세기경 인도 승려 가사나(伽斯那, Ghasena)가 지은 불교 우언집으로 한역 경전의 원래 이름은 《백구비유경百句譬喩經》이다. 본래의 백 가지 이야기 중 두 가지가 소실되어 후대에 전해지는 아흔여덟 가지 이야기에 머리글과 권말 게송을 합해 '百喩'라 명명하였다.

반추反芻

-

어리석음

"경전에 쓰인 문자적 가르침이나 스승의 말과 행으로 받는 가르침 모두
불교적 지혜를 완성하는 도구가 되는 것은 사실이지만
지혜의 완성에 있어 가장 중요하고도 빠져서는 안 되는 한 가지,
그것은 바로 '나'와 '나의 삶'이다."

소금만 먹다가
병을 얻은 사람

옛날에 한 어리석은 사람이 다른 집에 손님으로 가게 되었다. 그런데 주인이 차려낸 음식이 그의 입에 맞지 않았다. 싱거운 음식을 싫어한다는 손님의 말을 들은 주인은 바로 소금을 가져와 음식에 조금 쳐주었다. 어리석은 사람은 맛이 살아난 음식을 먹으면서 생각했다. '소금을 조금만 넣어도 맛이 이렇게 좋아지는데, 많이 넣는다면 더 말할 게 없겠지' 그러고는 소금 한 가지만 먹은 끝에 집으로 돌아온 뒤 입과 혀가 헐어 큰 고초를 겪었다.

비유해서 말하자면 음식을 끊어야 도를 얻을 수 있다는 말에 외도들이 며칠씩 밥을 굶어가며 자신의 몸을 힘들게 해보지만 도를 닦는데 아무런 보탬이 되지 않는 것처럼, 맛이 좋아질 것이라고 생각한 어리석은 사람이 소금만 먹다가 입에 병을 얻은 것도 외도들이 하는 단식과 하등 다를 게 없는 것이다.

TV를 보다 보면 비타민제 복용에 관한 다양한 이야기를 듣게 된다. 소위 전문가라는 이름으로 방송에 나온 이들이 누구는 반드시 모자란 성분을 확인해서 복용해야 한다 말하고, 어떤 사람은 특정 비타민제 한 가지만으로도 만병으로부터 자유로워질 수 있는 것처럼 말하기도 하고, 또 누구는 비타민제 복용에 관한 사람들의 지나친 관심을 걱정하는 말을 늘어놓기도 한다.

먹을 것 모자라 배불리 먹어보는 것 한 가지만 소원하던 시절에도 좋은 의사들은 하루 세끼 식사 잘 챙겨 먹는 것 이상의 보약이 없다고 처방했었다. 그런데 먹는 것이 넘쳐나 살 빼는 것이 과제가 되어버린 세상을 살면서도 사람들은 여전히 몸에 좋은 약이 무엇인지 찾아 헤맨다. 약은 끼니를 잘 챙겨 먹을 수 없거나 부지런히 몸 놀려 땀 흘리는 삶을 살지 못하는 사람에게나 필요한 것인데, 사람들은 덜 먹고 많이 움직이는 것을 놔두고 많이 먹고 덜 움직이면서 병 없이 오래 살고 싶다는 욕망으로 약을 찾는다.

오래 사는 꿈을 이뤄주는 것이 약일 수는 있다. 그러나 건강하게 오래 사는 사람은 대개가 바른 습관을 가진 사람들이다. 누구나 병원 침대 위에 누워 약으로 연장되는 장수를 꿈꿀 수야 없는 일 아닌가.

소의 젖을
모아두려고 한 사람

  옛날 어느 마을에 어리석은 사람이 살고 있었다. 그는 마을 사람들을 불러 잔치를 벌이기로 마음먹고 생각했다.

  '날마다 우유를 짜서 모아둔다면 늘어난 우유통을 둘 만한 마땅한 곳도 없고, 우유가 변해 먹지 못하게 될 수도 있을 테니 소의 뱃속에 모아두었다가 때가 되었을 때 짜서 쓰는 것만 못하겠다.'

  그날로 그는 암소에게서 송아지를 떼어내 다른 곳에 매두었다. 한 달쯤 지나 잔칫날이 되었을 때 암소를 끌고 와 젖을 짜려고 했으나 이미 젖이 말라 짤 수 없었다. 부름을 받고 왔던 손님들은 그가 하는 짓을 보고 화를 내기도 하고 혀를 차며 웃기도 했다.

  어리석은 사람들이 하는 일이란 대개가 이러하다. 이들은 보시에 대해서도 많이 갖게 되었을 때 제대로 하겠다고 생각하기 일쑤다. 그러나 그때가 되기 전에 관리에게 빼앗기고 도적에게 빼앗기고 물과 불에 빼앗기거나 졸지에 사고를 만나 세상을 뜨는 경우도 있어서 자기가 생각한 적절한 때 제대로 하는 보시를 해보지 못할 때가 더 많으니, 어리석은 사람이 암소 뱃속에 우유를 모아두려고 하는 것과 하나도 다를 것이 없다.

다른 것을 인정할 줄 아는 것 못지않게 차이가 평등과 아무런 상관이 없는 말이라는 것을 아는 것 또한 중요하다. 다른 것이 있어서 불평등해지는 것이 아니라 다른 것이 있어서 오히려 평등해질 수 있는 것이다.

최선最善이란 맨 앞에 서는 것을 뜻하는 말이 아니라 저마다 가진 힘 모두를 써보는 것을 의미하는 말이다. 보시를 할 때 만 원을 가진 사람의 천 원과 천 원을 가진 사람의 백 원이 다른 것은 금액뿐이다. 정성으로만 보자면 백 원을 보시한 사람의 것이 더 크고 간절할 수도 있다. 보시를 하는 사람이 천 원을 떳떳해하고 백 원을 부끄러워하지도 말아야 하거니와 보시를 받는 이 역시 천 원에 웃고 백 원에 낯을 찡그리는 짓은 하지 않아야 한다.

보시를 해야 되는 마땅한 시기라는 게 따로 있지 않고, 보시라는 이름에 어울리는 형태나 크기가 정해져 있는 것도 아니다. 불교에서 일관되게 가르치는 것이 현재라는 시간과 이곳이라는 공간의 중요성인 점을 감안한다면 '지금 바로 여기'에서 하는 보시보다 더 크고 더 좋은 보시란 우리가 살아가는 동안에 따로 있을 수 없다.

세 번째 이야기

배梨에 머리를 맞아
다친 사람

옛날 어느 마을에 머리숱이 많지 않은 사람이 살고 있었다. 어느 날, 모르는 사람이 배를 들고 와서 그 사람의 머리를 내리쳤다. 두 번 세 번 거듭되어도 마을 사람은 피할 생각이 없다는 듯 아픔을 참아내고 있었다. 옆에서 보고 있던 사람이 물었다.

"그러다 머리를 다치면 어떡하려고… 왜 피하지 않고 때리는 대로 맞는 것이오?"

그러자 머리를 맞은 마을 사람이 말했다.

"저 사람은 자기가 가진 힘만 믿어 교만하고 어리석어서 머리카락이 많지 않은 내 머리를 바위인 줄 알고 배로 때린 것일 거요."

마을 사람의 말을 들은 그가 나무라듯 말했다.

"어리석은 사람은 그 사람이 아니라 당신인 것 같소. 당신 말대로 당신이 어리석지 않다면 그 사람이 당신을 때려 다치게 하기 전에 그 자리를 피했어야 했소."

출가한 사람도 마찬가지다. 수행과 계율, 지혜 등은 갖추지 못한 채 위의만을 차리고 사람들에게 여러 가지 보시를 받아 일신의 안녕만을 취한다면, 배에 맞아 머리를 다치면서도 피할 생각을 하지 못하는 이야기 속 사람처럼 자신의 처지를 모르면서 거꾸로 세상 사람들이 어리석다고 말하는 것과 다를 것이 없다 하겠다.

살면서 느끼는 진짜 재미는 나눔에서 얻는 기쁨의 맛을 아는 것이다. 그러니 복을 짓기 위한다는 것은 그야말로 부차적인 것이고, 보시를 하는 진정한 목적과 가치는 지금 바로 느낄 수 있는 충만한 기쁨을 얻는 데 있다 하겠다.

보시를 하는 사람이 느끼는 기쁨이 있는 반면에 보시를 받아 사는 즐거움을 추구하는 이 또한 없을 수가 없는 것인데, 뭔가를 통해 얻는 삶에 기쁨과 즐거움이 있다 해도 그 둘의 내용과 가치가 같을 수는 없는 것이다.

준 것을 돌려받으려 하지 않으면 굳이 빚이 되지는 않는다. 하지만 받은 것은 언제나 받은 사람에게는 갚아야 할 빚이 되어 남는다는 사실을 새겨야 한다. 특히 보시로써 불보살의 길을 가는 사람들이라면 더욱더.

죽음을 사칭한
여인

오래전에 용모가 빼어난 아내를 사랑하는 어리석은 이가 있었다. 그러나 아내는 남편을 진심으로 사랑하지 않았고, 남모르게 다른 남자와 눈이 맞은 아내는 욕정에 눈이 멀어 사내를 따라 집을 나가버렸다. 아내는 집을 나가기 전에 말 잘 듣는 늙은 하녀에게 일러두었다.

"내가 집을 나간 뒤에 죽은 여인의 시신을 가져다 집안에 두어라. 그리고 남편에게는 내가 죽었다고 하거라."

노파는 여인의 남편이 집을 비운 틈을 타 여인의 시체 한 구를 가져다 방에 두었다. 그리고 여인의 남편이 돌아오자 그에게 말했다.

"마님께서 돌아가셨습니다."

남편은 즉시 가서 살펴본 뒤 큰소리로 울기 시작했다. 그러고 나서 나무를 쌓고 그 위에 기름을 뿌려 여인의 시신을 태운 다음, 뼈를 수습하여 포대에 넣고 밤낮을 가리지 않고 끼고 지냈다.

한참 뒤, 욕정에 눈이 멀어 집을 버리고 나갔지만 사내에게 싫증을 느낀 아내가 집으로 돌아와 남편에게 말했다.

"여보! 나 돌아왔어요."

그러자 여인의 남편이 말했다.

"내 아내는 죽은 지 오래요. 당신은 누군데 나타나서 나의 아내라고 헛소리를 하는 거요?"

아내가 두 번 세 번 같은 말을 해도 남편은 끝내 아내의 말을 믿으려고 하지 않았다.

잘못된 견해를 들은 외도들도 미혹하는 마음이 생겨 그것을 진리라고 여기고, 그런 마음을 끝내 고치려고 하지 않기 때문에 바른 가르침을 들어도 믿거나 받아들여 지니려고 하지 않는다.

레닌은 종교를 마약이라고 했다. 마약은 말 그대로 '마비시키는 약'이라 몸의 정상적인 작동을 막아 환각을 일으킨다. 그러나 종교의 본래적 의미는 잠들어 무디어진 인간의 영성을 두드려 깨어나게 하는 데 있다. 종교에서 마비의 증상이 나타나는 까닭은 종교 자체 때문이 아니라 종교인들의 잘못된 인도와 추종 탓이다.

깨어나려는 의지를 가진 사람들은 결국 길 위에서 깨어나게 되지만, 깨어나지 못한 채 종교라는 길을 맹목적으로 가는 이들은 결국 눈먼 광신자가 되고 만다. 제도보다 운용이 더 중요한 문제라는 것을 역사는 생생하게 증언한다. 누가 더 많은 추종자를 가졌느냐 하는 것은 그야말로 장사꾼의 논리일 뿐, 얼마나 간절한 마음으로 살아갈 수 있게 하느냐가 훨씬 더 중요한 문제이다.

미신은 종교의 이름으로 결정되지 않는다. 미신은 어디서라도 독버섯처럼 돋아나고, 신실한 믿음은 종교의 명찰과 상관없이 어디서든 튼튼히 뿌리내린다.

말이 다르고 사람이 달라도 지향해야 할 삶은 하나라는 사실을 분명히 아는 것, 사람으로 나왔으니 사람답게 살아보자 마음먹는 것보다 더 크고 중요한 종교적 깨침이 무엇이겠는가.

다섯 번째 이야기

물 앞에서도
목말라한 사람

지혜롭지 못한 이가 있었다. 몹시 더운 여름 어느 날, 목이 너무 말랐던 그는 땅에서 피어오르는 열기를 물이라 생각하고 그쪽을 향해 달린 끝에 마침내 인더스강에 다다랐다. 그러나 금방이라도 넘어갈 듯 거칠게 몰아쉬던 숨을 가라앉힌 뒤에도 그는 물을 마실 생각을 하지 않았다. 옆에 있던 사람이 궁금해서 물었다.

"목이 말라 여기까지 왔다면서 왜 물을 마시지 않는 거요?"

어리석은 사람이 엄두가 나지 않는다는 표정으로 말했다.

"다 마실 수 있다면 당연히 마실 것인데, 이 물은 너무 많아 다 마실 수 없을 것 같아서 마시지 않는 거요."

그 말을 들은 사람들이 모두 어이가 없다는 듯 그를 보고 웃었다.

한쪽으로 치우친 것들만 받아들이는 외도들도 부처님 계율을 모두 받아 지킬 수 없다고 하면서 받으려고 하지 않는데, 그러다 끝내 무명을 떨쳐내지 못하고 생사를 유전하고 만다. 물을 보고도 마시려 하지 않았던 어리석은 사람이 비웃음을 샀던 것도 이와 다르지 않다.

아래는 몇 해 전, 《선설보장론》에 나오는 457번 마지막 게송을 읽고 나서 밑에 몇 자 덧붙여두었던 글이다.

어린아이에게 숫자를 가르칠 때 하나에서 열까지 세는 법을 가르치고 1부터 10까지 쓰는 법을 가르친다. 그 두 가지를 배운 아이는 백과 천과 만과 억을 이해하게 되고, 조와 경과 그 이상의 숫자를 읽고 쓸 수 있게 된다. 사막을 건너다 목이 말라 다 죽게 된 사람을 살려내는 것은 바다나 호수가 아니라 물이 들어 있는 작은 병, 그 속에 들어 있는 한 모금의 물이다.

- 졸저 《풀어쓴 티벳 현자의 말씀》, 도서출판b, 2015 중에서

다음은 이른바 '한 움큼의 물'에 관한 일화이다.

보물을 찾으러 바다로 나간 사람이 있었다. 어느 날, 두 손 안에 마실 물을 담은 바다신이 나타나 그에게 물었다. "바다를 채운 물과 내 손 안에 들어 있는 물 가운데 어느 것이 더 많은가?" 그는 망설임 없이 대답했다. "손 안에 들어 있는 물이 더 많습니다." "왜 그런가?" 이번에도 곧바로 말했다. "목이 마를 때 바닷물은 아무리 많아도 하등 보탬이 되지 않기 때문입니다." 그러자 바다신이 신통을 부려 그의 배 안을 온갖 보물로 가득 채워주었다.

계戒는 자신의 삶을 새로운 방향으로 전환시키기 위해 받아 지키는 것인데, 받기도 전에 지키지 못할 것이 두려워 계를 받지 않는다면 말 그대로 그 사람은 지침 없는 미로를 헤매게 된다. 계는 몇 개를 받든지 모두를 잘 지키는 것보다 하나라도 잘 지켜서 공덕이 생기게 하는 것이고, 우리의 삶은 그런 공덕에 힘입어 방향과 질이 바뀌게 된다. 그래서 《범망경》에서 '앉아서 계를 받고 서서 파해도 공덕이 있다'고 한 이유도 그런 데 있다.

불법에서는 선연善緣과 악연惡緣 모두를 득도의 인연으로 본다. 알고 보면 무연無緣처럼 득도로부터 멀어지게 하는 나쁜 선택이 없는 것이다.

죽은 아들을 집에
두려고 했던 사람

아들 일곱을 키우던 어리석은 사람이 그중 한 아들이 죽자 아들의 시체를 집에 두고 자신은 떠나려고 했다. 옆집 사람이 물었다.

"살고 죽는 길이 다르고 죽은 아들은 집에서 멀리 떨어진 곳에 묻어주는 것이 당연한데, 당신은 왜 죽은 아들을 집에 두고 당신이 떠나려는 게요?"

어리석은 사람이 그 말을 듣고 생각했다.

'집에 두지 못하고 묻어줘야 한다면 한 아이를 더 죽여서 멜대 양쪽에 메고 가면 먼 곳까지 갈 수 있을 것이다.'

그러고는 바로 다른 아들 하나를 더 죽여 멜대에 나눠 메고 집에서 멀리 떨어진 곳으로 가서 묻어버렸다. 사람들이 그것을 보고 일찍이 없던 괴이한 일이라고 하면서 어리석은 사람이 저지른 잘못을 크게 비웃었다.

출가한 수행자가 계율을 범한 뒤에 속으로는 참회하는 것에 대한 두려움이 있으면서도 아무 일도 없었던 것처럼 감춰둔 채 자기는 청정하다고 거짓말을 하였다. 그러자 그가 계율을 깨뜨린 것을 알고 있는 사람이 물었다.

"출가한 사람은 맑은 구슬을 보호하듯 금지된 계율을 잘 지킴으로써 허물이 생기지 않게 해야 하는 것인데, 그대는 계율을 범했으면서도 어째서 참회를 하지 않는가?"

계율을 지키지 못한 수행자가 말했다.

"말한 것처럼 반드시 참회를 해야 한다면 한 번 더 계를 범한 뒤에 잘못한 것을 밝히고 참회하겠소." 그러고는 또 다시 계를 깨뜨리고 선하지 않은 일을 여러 차례 저지른 뒤에 한꺼번에 자기가 저지른 잘못을 대중들에게 밝혔다. 수행자가 저지른 일들이 아들 둘을 잃은 어리석은 사람과 다를 것이 하나도 없다.

'바늘도둑이 소도둑 된다'는 속담이 있다. 처음에는 바늘 하나를 훔치면서도 마치 소 한 마리를 훔치듯 두려워하지만 나중에는 소를 훔치면서도 바늘을 훔치는 것처럼 죄책감이 무디어지는 것을 나타내는 말이다.

그러나 훔치는 게 버릇이 되면서 느끼는 죄책감이 옅어지는 것과 달리 잘못을 저지른 것에 대한 사회법의 처벌 기준은 훔친 물건의 가치에 따라 벌이 무거워지고 훔친 횟수가 거듭될수록 치러야 할 형량이 가중되게 마련이다. 양심의 발동이 둔해지고 죄책감에 무감각해지는 것과 다르게 처벌에는 가중은 있어도 에누리는 없는 것이다.

　악업에 대한 과보라고 하는 것도 큰 줄기로 보면 하나에는 하나, 둘에는 둘, 저지른 만큼 받아야 할 것도 더불어 늘어나는 사회법의 처벌과 다를 것이 없다.

다른 사람을
형이라고 부른 사람

옛날에 잘생기고 지혜로우며 재산까지 많은 사람이 있었는데 그를 칭찬하고 탄복하지 않는 사람이 없었다. 그것을 본 한 어리석은 사람이 그를 자신의 형이라고 했다. 필요할 때가 되면 그가 가진 돈을 쓸 생각으로 그런 것이었다. 그런데 그가 빚을 지게 되자 이번에는 자기 형이 아니라고 말했다. 옆 사람이 그에게 물었다.

"돈이 많을 때는 그 사람을 형이라고 하더니 빚을 지게 되자 말을 바꿔 형이 아니라고 하니 이상하지 않소?"

그 말을 듣고 어리석은 사람이 대답하였다.

"내가 돈을 얻어 쓸 요량으로 그 사람을 형이라고 한 것이지 실제로 그 사람이 내 형인 것은 아니었소. 그 사람이 빚을 지게 되었으니 이제 그 사람을 형이 아니라고 한 것이오."

어리석은 사람이 하는 말을 듣고 비웃지 않는 사람이 없었다.

외도들도 부처님 가르침 가운데 좋은 말을 들으면 그것을 가져다 원래부터 자신의 것이라도 되는 것처럼 써먹곤 한다. 그러면서도 다른 사람이 같은 말로 그에게 수행하라고 하면 그 말을 들으려고 하지 않은 채 이렇게 말한다.

"먹고 살기 위해 부처님 말씀을 빌어다 중생을 제도한다 하는 것이지 실제로는 모두 다 허황된 것인데 무엇 때문에 수행을 해야 한단 말인가?"

어리석은 사람이 돈을 얻기 위해 다른 사람을 형이라고 부르다가 그 사람이 빚을 지게 되자 말을 바꿔 형이 아니라고 한 것과 외도들이 하는 짓이 이렇게 다르지 않다.

불법의 성쇠를 떠나 유혹의 손길은 어디에나 있게 마련이다. 세력이 큰 곳이든 작은 곳이든 겉모양과 수행의 내공과 소유와 명성에서 자유롭지 않다면 어느 것 하나 독이 되지 않는 것이 없기 때문이다.

비구는 얻어먹기를 자처하고 나선 이들이다. 그러나 그것이 다가 아니다. 사흘을 굶으면 양반이라도 담장을 넘지 않을 수 없다고 한 옛말처럼 먹는 것에서 자유로울 수 있는 사람은 아무도 없다.

누군가에게 고용된 사람으로 사는 것이 얼마나 많은 것을 감내하게 하는지 안다면 다른 사람에게 밥을 얻어먹고 사는 것이 얼마나 큰 빚을 지는 일인가도 알아야 한다.

기꺼이 가진 것을 내어 다른 사람이 먹을 밥을 마련하는 데는 두 가지 경우가 있다. 하나는 당장 밥을 먹여야 될 것 같은 안쓰러운 마음이 생겼을 때고, 또 하나는 안쓰러운 곳으로 보내질 것이 의심되지 않는 이를 만났을 때다.

어리석은 이의 행동에서 보는 것처럼 하루 두세 끼니의 식사를 위해 수행자로 나서는 것처럼 비루한 짓이 없고, 수행자로 살면서 거만의 소유를 축적하는 것보다 더 큰 악행이 없다. 그것은 사람들을 속이고 사람들의 바람에 거스르는 삶을 사는 것일 뿐만 아니라 다른 사람들에게 그런 삶을 바라보며 따라 하게 하는, 그 자신이 나쁜 씨앗이 되는 삶을 사는 것이기 때문이다.

왕의 창고에서
옷을 훔친 무지한 사람

옛날, 중국 서북쪽에 사는 산강족 중에 한 사람이 왕의 보물창고에서 옷을 훔쳐 달아났다. 그러나 곧바로 붙잡혀 온 그에게 왕이 옷을 훔친 이유를 물었다.

"이 옷은 제 할아버지께서 저에게 물려주신 것입니다."

그 말을 듣고 왕이 그에게 옷을 입어보라고 했다. 하지만 본래부터 갖고 있던 옷이 아니라 입는 법을 몰랐던 그는 손부터 끼어야 할 곳에 발을 끼고, 허리에 둘러야 할 것을 머리에 쓰면서 허둥거렸다. 그 모습을 본 왕은 신하들을 불러 논의한 뒤 옷을 훔친 사람에게 말하였다.

"만약 이 옷이 네가 말한 대로 너의 할아버지가 남겨준 것이라면 마땅히 입는 법을 알아야 할 것인데 너는 그러지 못했다. 전부터 네가 가진 옷이 아니라 훔친 옷이기 때문이다."

비유해서 말하자면 왕은 부처와 같고 옷은 불법과 같고 어리석은 산강인은 외도와 같을 것인데, 얻어들은 불법을 자기가 배운 것에 섞어서 그것을 마치 자기가 본래부터 알고 있었던 것처럼 말해보려고 하지만, 불법에 대해 잘 알지 못하는 까닭에 위아래가 어딘지 몰라 혼란에 빠져서 만물이 저마다의 법상法相을 가진 것을 모른 채 헤매게 된다. 왕의 창고에서 옷을 훔친 어리석은 산강인이 입는 법을 몰라 허둥댄 것처럼 외도들도 하는 짓이 그와 다를 게 없는 것이다.

인드라망이란 거미줄처럼 촘촘하게 얽혀 있는 관계를 의미한다. 독자성을 강조하는 독립이나 독보라는 말조차도 사실은 이전과 다른 새로운 관계를 세우는 것을 의미하는 것일 뿐이다. 관계는 이어지는 것을 말하고, 이어지는 것들은 서로가 서로에게 영향을 미치는데, 우주를 관통하는 이러한 법칙은 종교적 가르침이라고 예외일 수 없다.

세상의 모든 종교라 이름 지어진 것들은 바람에 실려 온 꽃향기에 물들 듯 서로가 서로에게 긍정적이든 부정적이든 영향을 끼치고 영향을 받았다. 중요한 것은 그 어떤 것과도 견줄 수 없는 우월성을 주장하는 것이 아니다.

칼을 든 사람이라도 의사와 강도가 하는 일이 다르고 물을 마신 짐승도 몸에서 만들어내는 것이 우유와 독으로 나뉠 수 있는 것처럼 문제는 바깥으로부터의 영향을 어떻게 내재화해내느냐 하는 것이다.

샘물을 길어 병에 담아 놓고 병을 샘이라 할 수 없는 것처럼 불법이 불교 안에만 있다고 말하는 것 역시 샘물이 샘 안에만 있다고 하는 것과 다르지 않다. 솟지 않는 샘물은 결국 마르거나 썩게 되는 것처럼 완고한 불법만으로는 불법의 홍성을 이뤄낼 수 없다. 종교는 완성된 것이 아니다. 그 또한 오늘의 지침으로 쉼 없이 변모해야 하기 때문에...

아버지의 덕행을
찬탄한 사람

옛날에 어떤 사람이 군중들 앞에서 자기 아버지의 덕행을 찬탄하며 말했다.

"우리 아버지는 인자하고, 다른 사람을 해치지 않고, 남의 것을 훔치지 않고, 거짓말을 하지 않고, 또 가진 것을 다른 사람들에게 베풀어주는 분이라오."

그때 한 어리석은 사람이 그의 말을 듣고 나서 말했다.

"우리 아버지의 덕행이 당신 아버지의 덕행보다 더 훌륭하오."

사람들이 물었다.

"어떤 덕행인지 어디 말해보시오."

그러자 어리석은 사람이 말했다.

"우리 아버지는 소싯적부터 음욕을 끊어 지금까지 한 번도 여인 곁에 가본 적이 없었소."

사람들이 물었다.

"음욕을 끊었다면서 당신은 어떻게 세상에 나온 것이오?"

어리석은 사람은 곧 웃음거리가 되고 말았다.

세간의 지혜 없는 무리들이 어떤 사람의 덕행을 찬탄할 때 그 마땅한 정도를 알지 못하여 오히려 비방하는 모양새가 되고 마는 경우가 있다. 어리석은 사람이 자기 아버지의 덕행을 자랑하려다 오히려 비방하는 꼴이 되어버린 것처럼 세간의 무지한 무리들이 하는 짓도 그와 다르지 않다.

겉으로 드러난 이름과 속에 든 실제 모습을 이르는 '명실名實'이란 말은 그 둘이 잘 어울릴 때 칭찬하는 소리를 듣는가 하면, 반대로 둘이 서로 달라서 거꾸로 놀림을 당하게 되기도 한다.

얼굴에 화장발이 있는 것처럼 말에도 꾸밈이란 것이 있는데, 화장이 지나치면 싸구려소리를 듣게 되는 것처럼 자랑이 정도를 넘으면 선망의 대상이 아닌 우스갯거리가 되어버리는 것이다.

홍보弘報라는 말과 공보公報라는 말이 있다. '널리 알린다'는 의미에서는 두 말의 차이가 없는 것처럼 보이지만 사람들의 인식 속에 들어 있는 두 말의 감각은 그렇지 않다.

두 말의 사용 빈도가 공공기관과 민간으로 나뉘어 온 까닭도 있을 테지만, '공보'에 대해서는 사람들이 공적인 보도라는 의미로 받아들이는 반면에 '홍보'에 대해서는 부지불식간에 의도가 실려 있다고 생각하기 때문이다. 그래서 뜻있는 이들이 국정을 국민들에게 바로 알리고 싶어 하는 위정자들에게 '홍보'에 대한 욕심을 버리고 '공보'의 선을 지켜야 한다고 충언하는 것이다. 말하자면 자랑거리는 자랑하지 않아도 알려지는 것이고 허물은 감추려고 해도 드러나게 되는 것을 잊지 말라 하는 것이다.

자랑거리를 자랑하다가 원망하는 소리를 들을 수 있고, 허물거리를 자랑거리로 둔갑시키려다가 큰 욕을 먹게 될 수도 있다는 것, 그것을 알아야 할 사람들이 비단 위정자들만은 아닐 것이다.

아래층을 짓지 않고
삼층집을 짓는 사람

옛날에 한 어리석은 부자가 살았다. 어느 날, 다른 부잣집에 가게 된 그는 그곳에서 크고 널찍하게 지어진 화려한 삼층집을 보았다. 부러운 마음이 생긴 그는 '내가 가진 돈이 이 사람보다 못하지 않은데 왜 아직까지 이런 집을 짓지 않았단 말인가'라고 생각한 뒤 바로 목수를 불러 물었다.

"내게 저런 집을 지어줄 수 있겠는가?"

목수가 말했다.

"저 집은 제가 지은 것입니다."

어리석은 부자가 이어 말했다.

"그렇다면 지금 바로 나를 위해 저렇게 생긴 집을 지어주게나."

목수는 땅을 잰 뒤 벽돌을 쌓아가며 집을 짓기 시작했다. 목수가 집을 짓는 모습을 보고 있던 어리석은 부자가 알 수 없다는 듯 말했다.

"자네 지금 뭐하고 있는가?"

목수가 대답했다.

"삼층집을 짓습니다."

어리석은 부자가 말했다.

"나는 아래 두 층을 지을 생각이 없으니 먼저 삼층부터 짓게나."

목수가 어이가 없다는 표정을 지어 보이며 말했다.

"어떻게 그런 일이 있을 수 있습니까? 일층을 짓지 않고 어떻게 이층을 지을 수 있으며, 이층을 올리지 않고 또 어떻게 삼층집을 올릴 수 있겠습니까?"

그러나 어리석은 부자는 고집스럽게 말했다.

"나는 아래 두 층이 필요 없다고 하지 않았나. 내게는 삼층만 필요해."

사람들이 그 말을 듣고 모두 어리석은 부자를 비웃으며 말했다.

"어떻게 바닥 층을 짓지 않고 이층이나 삼층집을 지을 수 있다는 거지?"

비유적으로 말하자면 부처님의 제자를 이루는 사부대중이 불법승 삼보를 공경하지도 않고 게으름을 피우며 열심히 노력하지도 않으면서 배움의 열매인 과위만 얻을 수 있기를 바라고 "나는 지금 수다원, 사다함, 아나함 같은 세 종류의 과위는 필요하지 않아. 오로지 가장 높은 과위 아라한만 필요해."라고 하는 것과 같으니, 아래층 없는 삼층집을 지으라고 했다가 웃음거리가 되고 만 어리석은 부자와 다를 것이 없지 않은가.

중학교 입시제도가 시행되던 오래전의 일이다. 필기시험과 병행해서 치르던 체력시험에 턱걸이가 있었다. 만점이 여섯 개였던 턱걸이는 말하자면 사내아이들에게 중학생이 되기에 알맞은 체력을 가졌는지를 측정하는 기준선이었던 셈이다.

타고난 체력으로 턱걸이 여섯 개쯤 거뜬히 해내는 아이들이 없지는 않았지만 대개의 아이들은 아침저녁으로 나뭇가지나 철봉에 매달려 팔뚝과 어깨 힘을 키웠고, 그렇게 꾸준히 연습했던 아이들은 대부분 턱걸이 시험에서 만점을 받았다.

육학년 때 우리 반 담임을 맡은 선생님께서도 철봉에 매달려 대롱거리기만 하던 아이들에게 같은 말씀을 하셨다. "처음에는 한 개부터 시작하는 거다." 철봉에 매달린 채 몸을 끌어올리지 못하고 쩔쩔매던 아이들은 당연히 그때 선생님 말씀에 숨겨진 마법의 힘을 알지 못했다. 수행처에서도 한방을 꿈꾸고 대박을 바라는 사람들이 있을 것이다. 턱걸이 한 개에 감춰진 마법의 힘과 천리길도 한걸음부터 시작되는 평범한 진리를 모르는 사람들이다.

《중용》에서도 '먼 길 가는 사람은 가까운 곳에서부터 걸음을 떼고(행원자이行遠自邇), 높은 산을 오를 때는 낮은 곳에서부터 시작하는 것(등고자비登高自卑)'이라고 했다.

언필칭 '몰록'이라고 부르는 깨달음의 순간이 어떻게 바친 세월과 흘린 땀의 인연 없이 맺히는 열매일 수 있겠는가.

자기 아들을 죽인
바라문

옛날에 한 바라문이 있었는데 스스로 말하기를 자기는 아는 것이 많아서 별자리 보는 법과 점치는 법을 비롯한 여러 가지 기예에 통달하지 않은 것이 없다고 했다. 자신의 재능을 믿은 그는 자기가 가진 재간을 드러내기 위해 다른 나라로 가서 아이를 안고 울었다. 사람들이 그런 그를 보고 물었다.

"어째서 이렇게 울고 있는 것이오?"

바라문이 대답했다.

"이 아이가 이레 뒤에 죽게 되어 있소. 나는 어린 나이에 죽어야 하는 이 아이가 가여워 이렇게 우는 것이라오."

사람들이 그 말을 듣고 말했다.

"사람의 수명은 알기 어려워 점을 치고 운수를 따져 봐도 틀리기 쉬운 것이오. 이레가 지나 죽지 않을 수도 있는데 어째서 미리부터 울어야 한단 말이오?"

바라문이 말했다.

"해와 달도 어두워질 수 있고 별도 떨어질 수 있는 것처럼 내가 알아본 것 중에 들어맞지 않은 것이 없었소."

그러고는 잇속과 명예를 위해 이레째 되는 날 바라문은 자기 손으로 아들을 죽여 자기가 한 말이 증명되게 했다. 사람들은 바라문의 아들이 이레째 되는 날 죽었다는 소문을 듣고 모두가 찬탄하며 말했다.

"정말로 지혜로운 사람이로다. 그가 한 말이 하나도 틀리지 않았구나."

그렇게 생각하며 마음속에서 믿음이 생겨난 사람들이 모두 그를 찾아와 (아들을 죽인 바라문에게) 공경의 뜻을 나타냈다.

이것은 마치 부처의 가르침을 따르는 사부대중들이 잇속을 채우기 위해 스스로 도를 깨쳤다 말하고 다니면서 어리석은 사람이 사용했던 방법으로 선남자를 죽이고 거짓된 자비와 복덕을 드러냄으로써 받아야 할 고통이 끝이 없게 되는 것과 같고, 바라문이 자기 말의 영험함을 드러내기 위해 아들을 죽여 세상을 어지럽게 한 것도 이와 같다.

수행자를 지혜의 완성으로 이끄는 여섯 가지 바라밀波羅蜜이 있다. 보시와 지계와 인욕과 정진, 그리고 선정과 반야라고 하는 것이다. 그 중에 으뜸인 반야는 나머지 다섯의 도움 없이 완성될 수 없는 한편, 그 다섯을 모두 포섭하여 이뤄지게 하는 중추이기도 하다.

불교는 다음 생을 이생에서 준비하라고 가르치는 종교가 아니라 이생이 만족스럽고 즐거울 수 있어야 한다고 가르치는 종교이다. 그래서 불교는 다른 어떤 종교보다 현실적이고 현세적이며 그런 만큼 말과 글이 아닌 실천을 통해 오늘의 삶이 건강할 수 있어야 한다고 가르친다.

붓다는 다른 사람이 밥을 지어 바치는 왕궁을 나와 스스로 다른 사람의 밥을 얻어먹고 사는 비구의 길을 갔다. 계급이 높은 사람일수록 머리를 높이 틀어 올리는 당시 인도의 풍속을 따르는 대신 몸의 지위를 상징하는 머리카락을 가장 짧게 잘라버린 것도 그의 선택이었다.

붓다가 추구한 삶은 남을 딛고 그 위에 서는 자의 삶이 아니었고, 남이 가진 것을 빼앗아 내 배를 불리는 삶이 아니었고, 다른 사람이 흘린 눈물 위에서 나의 웃음꽃이 피어나게 하는 삶이 아니었으며, 붓다 자신과 이웃이 함께 고통 없이 살 수 있는 그런 삶이었다.

하루 한 끼 밥을 얻어먹은 대가로 기꺼이 바른 삶을 살 수 있는 가르침을 설하면서 붓다는 45년 동안 먼지 이는 더운 길을 걸었고, 길가 숲에서 퍼주고 퍼주어도 마르지 않는 맑은 샘 같은 삶을 마쳤다.

'득도'는 입술을 들먹일 만큼의 힘만 있어도 뱉어낼 수 있는 가벼운 말이지만 그 말에 어울리는 삶은 일생을 갈 수 있을 만큼 무겁고 실속 있어야 하는 것이다. 신경언중생중중身輕言重生重重, 몸뚱이 가볍게 살더라도 말과 삶조차 가볍게 살 수는 없는 일 아닌가.

당밀을 끓이는
사람

옛날에 한 어리석은 사람이 당밀을 끓이고 있을 때 재산이 많은 사람이 그의 집으로 왔다. 부자를 본 어리석은 사람은 '내가 지금 이 당밀을 저 사람에게 줘야겠다'고 생각했다. 그러고는 불 위에서 끓고 있는 당밀에 물을 조금 떨어뜨린 뒤 얼른 식히기 위해 열심히 부채질을 했다. 옆에서 그 모양을 보고 있던 사람이 말했다.

"밑에서 불이 타고 있는데 위에서 부채질을 한다고 어떻게 뜨거운 당밀이 식을 수 있겠소?"

사람들이 그 말을 듣고 모두 어리석은 사람을 비웃었다.

어리석은 이가 하는 짓이 마치 치성하는 번뇌의 불길을 끌 생각은 하지 않고 가시나무 위에 눕거나 뜨거운 불로 온 몸을 지지는 등의 고행을 하는 것과 같아서 청량하고 적정한 깨우침을 얻으려고 하지만 끝내 바람을 이루지 못하고 지혜로운 이들의 웃음거리가 되고 만다. 그런 사람들은 현세에서 받게 될 괴로움을 내세에서도 받게 될 것이다.

사문으로 사는 것에 뜻을 두고 성城을 나온 고타마 싯다르타 역시 출가 초기에는 여느 사문들과 다름없이 고행의 과정을 거쳤다. 그러나 그는 고행이 깨달음을 이루는 데 하등 도움이 되지 않는다는 판단을 내린 뒤 보리수 밑에 앉아 깊은 선정에 듦으로써 위대한 정각을 이루었다.

나는 육 년 동안 힘들게 도를 구하였으나 얻지 못하였다. 때로는 가시 위에 드러눕기도 했고, 때로는 널빤지나 쇠못 위에 눕기도 했고, 땅에서 멀리 떨어져 새처럼 매달려있기도 했고, 두 다리를 위로 올리고 머리를 땅에 두기도 했으며, 혹은 다리를 꼰 채 걸터앉기도 했고, 혹은 수염과 머리를 깎지 않은 채 버려두기도 했고, 혹은 몸을 햇볕에 드러내거나 불로 지지기도 했고, 혹은 추운 겨울에 얼음 위에 앉아있기도 했고, 혹은 물속에 몸을 담그기도 했으며, 혹은 아무 말도 하지 않은 채 잠자코 있기만 하기도 했다. 혹은 하루에 한 끼니만 먹기도 했고, 혹은 두 끼, 세 끼, 네 끼를 먹기도 했고, 많게는 일곱 끼를 먹기도 했다. 혹은 나물과 과일만 먹기도 했고, 혹은 벼나 깨를 먹기도 했으며, 풀의 뿌리를 캐서 먹거나 나무 열매를 따서 먹기도 했고, 혹은 꽃을 먹거나 여러 가지 과일 같은 것을 먹기도 했다. 때로는 옷을 벗기도 했고, 때로는 해진 옷을 입기도 했고, 때로는 풀로 엮은 옷을 입기도 했고, 때로는 털옷을 입기도 했고, 혹은 사람의 털로 몸을 가리기도 했고 때로는 머리를 기르기도 했고, 때로는 남의 머리털을 가져다 머리 위에 얹기도 했다.

비구들이여, 나는 이전에 이렇게 고행을 했다. 그런데도 네 가지 법의 근본을 얻지 못하였다. 어떤 것이 그 네 가지인가? 깨닫기 어렵고 알기 어려운 현성賢聖의 계율, 깨닫기 어렵고 알기 어려운 현성의 지혜, 깨닫기 어렵고 알기 어려운 현성의 해탈, 깨닫기 어렵고 알기 어려운 현성의 삼매이니라. 비구들이여, 이것을 일러 네 가지 법이라고 한다. 나는 이전에 그렇게 고행을 하고도 이 네 가지 법을 얻지 못했느니라.

- 《증일아함경增壹阿含經 · 증상품增上品》(동국역경원, 2007) 중에서

이런 과정을 거친 뒤에 붓다는 무너진 몸으로는 위없는 도를 이루기 어렵다는 각성을 하기에 이르고, 수자타의 공양을 받아 기운을 차린 뒤 몸을 씻고 보리수 밑에 앉아 어린 날의 경험을 떠올려 평화로운 선정에 든 뒤 새벽별이 반짝이는 시간에 위대한 깨달음을 성취하게 된다.

비구들에게 들려준 고행에 관한 붓다의 술회는 고행으로는 윤회의 괴로움에서 벗어날 수 없다는 단언이며, 그러므로 고행은 청정한 수행자가 나아갈 길이 아닌 외도들이 가는 잘못된 길이라는 준엄한 천명이었던 것이다.

화를
잘 내는 사람

옛날 어떤 사람이 다른 사람들과 함께 방 안에 앉아서 밖에 있는 사람의 덕행에 대해 찬탄하는 이야기를 하다가 다만 그에게 두 가지 허물이 있는데 하나는 화를 잘 내는 것이고 또 하나는 일을 너무 경솔하게 하는 것이라고 흉을 보았다. 때마침 방 밖을 지나가던 그 사람이 그 말을 듣고 불같이 화가 나 즉각 방으로 들어가 자기 허물에 대해 말하던 사람의 멱살을 쥐고 주먹으로 내리쳤다. 그것을 보고 옆에 있던 사람이 물었다.

"왜 사람을 때리시오?"

그 사람이 말했다.

"내가 언제 화를 내고 일할 때 경솔하게 서둘렀던 말인가? 이 사람이 내가 언제나 화를 잘 내고 일하는 데 경솔하다 했기 때문에 그를 혼내준 것이오."

옆에 있던 사람이 말했다.

"당신이 화를 잘 내고 경솔하다는 것을 눈앞에서 보았는데 어째서 그런 말을 듣지 않으려고 하는 것이오?"

사람들이 누군가의 허물에 대해 말할 때 그 사람이 그것을 원망하고 책망하려 한다면 사람들은 그를 더욱 지혜롭지 못하다고 여기게 된다.

비유하자면 술을 좋아하는 사람이 술에 빠져 방탕하게 지내다가 사람들이 흉보는 소리를 들으면 오히려 미워하는 마음을 갖고 술을 좋아한 옛사람의 이야기를 증거로 갖다 대며 자신이 그렇지 않다는 것을 변명하려고 하는데, 어리석은 사람이 자신의 허물에 대해 들어보려 하지 않고 그런 말을 하는 사람을 보면 오히려 화를 내며 폭력을 쓰는 것도 그와 다르지 않다.

자신에 대해 잘 아는 사람이 자신일 것 같아도 많은 경우 자신을 제대로 보는 것은 다른 사람들의 눈길이다. 바둑이나 장기를 둘 때 훈수하는 사람이 수를 더 잘 보고, 점치는 사람이 자신의 운명을 냉철하게 점치지 못하는 것처럼 '내 것'이라고 생각하는 순간 누구라도 냉정과 평정을 유지하기가 쉽지 않기 때문이다.

여럿이 모여 다른 사람의 허물에 대해 뒷담화를 나누는 게 정당하다는 게 아니다. 그보다는 '세 사람이 길을 가면 그중에 반드시 스승이 있다(삼인행필유아사三人行必有我師)'거나 '잘한 것은 그 잘하는 것을 택하여 따르고(택기선자이종지擇其善者而從之), 잘못한 것은 내 잘못을 고치는 스승으로 삼는다(기불선자이개지其不善者而改之)'고 한 공자孔子의 가르침을 따라갈 수 있을 때 비로소 자신의 허물을 말해준 사람들이 허물을 바꿔주는 스승 같은 존재가 될 수도 있음을 말하고 싶은 것이다.

내 흉을 본 사람에게 주먹질을 해댄다면 내 허물을 있는 그대로 드러내는 꼴이 되고 말지만 흉보는 소리를 듣고 내 허물을 고치는 데 그치지 않고 뒷전에서 다른 사람을 흉보는 짓까지도 하지 않게 된다면 그보다 더 바람직한 일이 없을 것이다. 그리 본다면 내가 다른 사람이 말하는 내 허물을 듣고 어떻게 반응하는지에 따라 다른 사람의 잘못된 행위까지도 내 잘못을 일깨워 고치는 스승이 될 수 있는 것이다.

길잡이를 죽여
제사 지낸 장사꾼들

옛날에 한 무리의 상인들이 보물을 찾으려고 큰 바다로 나아가면서 길잡이 한 사람을 구했다. 그들이 바다를 향해 가는 도중에 벌판에서 하늘에 제사를 지내는 사당을 만났는데, 일행 중 한 사람을 제물로 바쳐야만 통과할 수 있었다. 상인들은 모여서 상의를 한 끝에 말했다.

"우리는 모두 오래된 친구들인데 어떻게 죽일 수가 있겠는가? 길잡이로 데리고 온 저 사람을 제물로 쓰자."

그들은 길잡이를 죽여 제물로 바치고 제사를 지냈지만, 제사를 지낸 뒤에는 길을 잃고 어디로 갈지 몰라 헤매다가 모두 지쳐 죽고 말았다.

세상 사람들도 이와 같아서 보물을 찾아 불법의 대해로 들어가기를 바란다면 응당 나와 남을 함께 이롭게 할 선법행으로 길잡이를 삼아야 할 것인데, 도리어 선법을 깨뜨린다면 생사를 윤회하는 멀고 긴 길에 빠져 오래도록 그 길에서 빠져나올 희망도 없이 지옥과 아귀와 축생 삼악도의 길에서 고통을 받게 된다. 그리고 그것은 마치 상인들이 바다로 나아가려고 하면서 길잡이를 죽인 뒤 길을 잃고 헤매다 죽는 것과 같다.

모르고 저지른 잘못을 알고 지은 잘못보다 작게 치는 세속법과 달리 불교에서는 모르고 짓는 잘못이 알고 짓는 잘못보다 더 크다고 말한다. 아무리 그렇다 하더라도 알면서 저지르는 악행이 없었던 일이 될 수는 없다. 크든 작든 자기가 저지른 잘못이 불러올 뒷일을 생각하지 않는다면 그 사람은 연기緣起를 토대로 살아가는 불자라 할 수가 없을 것이다. 배우는 사람이 배운 대로 사는 데 미숙한 것은 그럴 수 있다고 쳐도 가르치는 사람의 삶이 배우는 사람과 다르지 않거나 그보다 더 못하다면, 그리고 그것이 불가에서 일어나는 일이라면 자크 라캉의 '역설적이게도 무신론이란 성직자밖에 짊어질 수 없는 것'이란 말을 '역설적이게도 속물적 삶이란 출가수행자밖에 짊어질 수 없는 것'이라는 불교적 변주가 통하게 되는 것이다.

　모르는 것보다는 아는 것이 분명 낫다. 하지만 안다는 것만으로는 절대 '해보는 것'보다 나은 삶을 살 수가 없고, 그렇기 때문에 '법 따라 사는 것'의 중요성은 아무리 강조해도 지나침이 없다 하겠다.

빠르게 자라는 약을 준
의사

옛날에 한 나라의 왕이 예쁜 딸을 얻은 뒤 의원을 불러 말했다.

"나를 위해 공주가 얼른 자라게 할 수 있는 약을 지어 올려라."

의사가 왕에게 아뢰었다.

"제게 공주님을 얼른 자라게 할 처방은 있지만 지금 그 약을 갖고 있지 않아서 약을 찾으러 가야 합니다. 왕께서는 제가 약을 찾아와 공주님에게 먹이고 보여드릴 때까지 공주를 만나지 마시기 바랍니다."

약을 찾아 궁을 떠났던 의원이 십이 년 뒤 돌아와 약을 먹인 공주와 함께 왕을 만났다. 태어났을 때 보고 오랫동안 딸을 보지 못한 왕은 속으로 생각했다.

'참으로 좋은 의원이구나. 공주를 이렇게 순식간에 자랄 수 있게 하다니'

왕은 곧바로 좌우에 있던 신하들을 시켜 약을 찾아온 의원에게 진귀한 보물을 상으로 내리게 했다. 사람들은 태어난 날로부터 그만한 세월이면 누구나 그렇게 자랄 수 있는 것도 모르고 그것을 약의 효험이라고 생각하는 왕의 무지를 비웃었다.

세상 사람들도 이와 같아서 지혜의 길로 이끌어주는 선지식을 찾아가 말한다.

"길을 찾고자 합니다. 저에게 가르침을 주셔서 지혜를 얻게 해주십시오."

때와 장소에 맞는 방편을 행하여 배우는 사람을 지혜의 길로 들어가게 하는 스승은 그에게 참선을 가르치고 연기緣起의 도리를 관찰하게 하고, 그 사람은 차츰 덕행을 쌓아 마침내 아라한의 지위를 획득하게 되는데, 그렇게 되면 그는 크게 기뻐하며 말한다.

"통쾌하구나! 스승께서 나를 이리도 신속하게 아라한의 귀한 법을 얻게 하시다니."

부처님도 할 수 없는 일 세 가지가 있다고 한다. '불삼불능佛三不能'이라는 말인데, 그 첫 번째는 자신의 업을 고칠 수 없는 중생을 제도할 수 없다는 것(불능면정업자不能免定業者)이고, 두 번째는 인연 없는 중생을 제도할 수 없는 것(불능도무연자不能度無緣者)이고, 세 번째는 한량없는 중생계를 다 제도할 수 없다는 것(불능진중생계不能盡衆生界)이다. 이와 관련하여 자업자득自業自得이나 자작자수自作自受 같은 말도 있다. 모두가 자기가 짓고 자기가 받는다는 뜻을 가진 말이다.

경전에 쓰인 문자적 가르침이나 스승의 말과 행으로 받는 가르침 모두 불교적 지혜를 완성하는 도구가 되는 것은 사실이지만 지혜의 완성에 있어 가장 중요하고도 빠져서는 안 되는 한 가지, 그것은 바로 '나'와 '나의 삶'이다. 그것을 아셨기에 부처님께서도 당신을 따라 살라는 말씀 대신 법을 등불 삼고 자기 자신을 등불 삼아 부지런히 나아가라고 하신 것이다.

그렇다고 이 말이 경전 속 가르침의 중요성을 무시하거나 스승의 가르침을 경시해도 된다는 말이 아닌 것은 재론할 필요조차 없다. 모든 것은 '내가 짓고 내가 받는 것'이다.

사탕수수에
단물을 뿌린 사람

옛날에 두 사람이 함께 사탕수수를 심으면서 약속했다.

"잘 심은 사람에게는 상을 주고 잘못 심은 사람은 벌을 받기로 하자."

'단맛이 뛰어난 사탕수수의 즙을 짜서 그것을 사탕수수에 물처럼 준다면 그 단맛이 더욱 뛰어나게 되어 저 사람을 이길 수 있을 것'이라고 생각한 한 사람이 사탕수수를 압착해서 만든 즙을 사탕수수에 뿌려줬지만 기대와 달리 사탕수수가 모두 죽어버렸다.

세상 사람들이 하는 짓도 이와 같아서 복을 받게 되기를 바라면서도 자신의 지위에 기대거나 세력에 기대 백성들을 을러대고 재물을 강탈하여 그것으로 보시를 한다. 그렇지만 앞으로 닥칠 재앙을 생각 못하고 좋은 과보로 돌아오기를 바라며 하는 짓이란 마치 사탕수수 즙을 짜서 사탕수수에 뿌려주는 것과 같아서 즙과 사탕수수 두 가지를 모두 잃게 되는 것이다.

정명正命은 '번뇌를 멸하는 여덟 가지 바른 길' 가운데 한 가지로 시쳇
말로 하자면 '올바른 밥벌이' 정도가 될 것인데, 문제는 '올바르다'에 대한
사람들의 판단이 같지 않다는 데 있다.

그럴 때 기준이 되는 것이 바로 '법法'이라는 것이고, 그 말은 곧 부처님
가르침에 합당한가 아닌가 하는 것이다.

벌이의 규모를 상식 이상으로 키우는 데는 독점이나 범법이나 사기 또
는 강탈 같은 방법들이 사용된다. 이를 테면 시작부터 잘못 축적된 재물
이라고 할 수 있을 것인데, 간혹 그렇게 모은 돈으로 사람들 눈에 좋아 보
이는 일을 하는 사람들이 있다. 더러는 그 사람의 그런 행위를 찬탄하기
도 하고 당사자 또한 '개 같이 벌어서 정승처럼 쓴다'는 속담을 인용하여
자신이 '살아온 모양'을 감추고 지금 '하고 있는 모양'을 드러내려고 한다.
그러나 그런 의도로 이루어지는 행위는 자체로도 바람직하지 못할 뿐 아
니라 앞서 저지른 잘못된 삶의 모습들을 없애지도 못한다.

'개 같이 벌어서'라고 할 때의 '개'는 '힘들고 수고로운 것을 가리지 않
고'라는 뜻으로 쓰는 말일 뿐, '좋은 것 나쁜 것 가리지 않고'라는 의미로
쓰는 말이 아니다. 일자리 제공을 공덕으로 치장하며 과도한 이익을 취
하는 것에 대해 부끄러워할 줄 모르는 경영자나 복전福田이라는 이름 하
나에 취해 시주들의 보시를 무겁게 여길 줄 모르는 수행자도 '좋은 짓 나
쁜 짓' 가리지 않고 '개'처럼 재물을 모으는 이들과 다를 것이 없을 것인
데, 바른 삶이란 '무엇을 위해 사는 삶'이 아닌 그 자체로 흠이 없는 삶을
말한다.

열일곱 번째 이야기

반 냥 빚을 갚으려다 헛돈을 쓴 상인

옛날에 한 상인이 다른 사람에게 반 냥을 얻어 쓴 뒤 오랫동안 갚지 못하다가 빚을 갚으러 떠났다. 길을 가다 큰 강을 만난 그는 뱃삯으로 두 냥을 지불하고 강을 건넜다. 그러나 그 집에 이르러 돈을 빌려준 사람을 만나지 못한 그는 빚도 갚지 못하고 돌아오는 길에 뱃삯으로 다시 두 냥을 더 지불해야 했다. 반 냥 빚을 갚으려고 했다가 빚도 갚지 못한 채 넉 냥을 써버린 셈이었고, 먼 길을 오가느라 몸까지 몹시 피곤할 수밖에 없었는데, 갚아야 할 빚이 조금밖에 되지 않는데도 많은 것을 잃어버린 그는 결국 사람들에게 웃음거리가 되었다.

세상 사람들도 이와 마찬가지다. 하찮은 명예와 잇속을 욕심내다 오히려 몸을 망치고 잠깐 동안의 편안함을 위해 예의를 차리지 않았다가 당장에는 악명을 얻게 되고 길게는 고통스러운 응징을 받게 된다.

옛날 어느 정승 집에 있었던 일이다. 어린 손자가 연못가에서 울고 있는 것을 본 정승이 까닭을 물었다.

손자는 갖고 놀던 동전 한 개를 연못 속에 빠뜨렸다고 울먹이며 대답했다. 정승은 바로 하인들을 불러 연못의 물을 퍼내게 하고 동전 한 개를 찾아낸 뒤 하인 다섯 명에게 수고한 대가로 두 냥씩 나눠주었다. 꾸중을 들을까 봐 겁에 질려 있던 손자가 정승에게 물었다.

"한 냥을 찾느라고 열 냥을 쓰면 손해 아니에요?"

연못에 물이 채워지는 것을 지켜보고 있던 정승이 손자를 내려다보며 말했다.

"우리는 잃어버릴 뻔했던 한 냥을 다시 찾았으니 손해 본 게 없고, 하인들도 땀 흘려 일한 수고의 대가로 돈을 받았는데 어째서 손해이겠느냐?"

열 냥을 들여 한 냥을 찾아낸 일에 수긍이 가게 하는 사람이 있는가 하면 반 냥 빚을 갚으려고 했다가 헛돈을 쓰고 손가락질을 받는 사람도 있다.

비슷한 일을 하고도 이렇게 상반된 결과가 나타나게 되는 것은 그 일을 할 때 서로 다른 의도가 있었기 때문이다. 연못에 빠트린 동전을 찾아낸 사람은 지혜로운 생각으로 일을 처리한 반면, 빚을 갚으려고 했다가 헛돈을 쓴 사람은 시작과 끝이 모두 어리석었다.

발심發心의 중요성에 대해서는 몇 번을 강조해도 지나치지 않고, 발심의 첫 단추를 어떻게 채울 것인가 하는 것도 또한 중요하다. 길에 올라 첫걸음을 떼어놓는 것 못지않게 길에 오르기 전에 먹은 마음이 여정의 내용과 방향을 이끌 것이기 때문이다. 나와 네가 함께 좋고 다른 사람에게도 좋은 방식으로 살고 있는지 그침 없이 돌아보고 또 돌아봐야 할 일이다.

다락에 올라가 칼을
간 사람

옛날에 집이 몹시 가난한 사람이 왕을 위해 오랫동안 일하면서 나이가
들자 몸이 수척해졌다. 그 모습을 본 왕이 측은한 마음에 죽은 낙타 한 마
리를 그에게 주었다. 그는 곧 낙타의 가죽을 벗기려고 하였으나 칼날이
무디어진 것을 알고 다락에서 찾아낸 숫돌에 칼을 간 뒤 마당으로 내려
와 낙타의 가죽을 벗겼다. 그렇게 칼날이 무디어질 때마다 다락을 오르
내리던 그는 아예 낙타를 다락에 올려 매달아놓고 칼을 갈았다. 사람들
이 모두 그의 어리석은 행동을 비웃었다.

이는 마치 어리석은 사람이 계율을 어겨가며 재물을 모으고 그것으로
복을 닦아 하늘에 닿기를 바라는 것과 같은데, 낙타를 다락에 매달아놓
고 칼을 가는 것처럼 힘을 많이 들이고도 얻는 것이 아주 적은 것도 그와
다르지 않다.

사람들의 웃음거리가 될 만도 하다. 다락에서 찾은 숫돌을 낙타와 칼이 있는 마당으로 가져갔으면 될 일을 이 사람은 숫돌과 낙타가 있는 곳에 대한 경중과 효율을 따져보지 못한 채 칼을 갈아야 껍질을 벗길 수 있다는 한 가지 생각에 사로잡혀 죽은 낙타의 무거운 몸을 다락으로 끌어올리는 어리석은 선택을 하고 말았다.

방편方便은 그런 데서 발휘되고 운용되어야 한다. 그러나 방편이란 오늘날 우리가 채용하고 있는 '그때그때 편하고 쉽게'라는 뜻이 아니라 '때와 장소와 형편에 맞게 뛰어나고 오묘한 방법'이라는 뜻을 갖는 말이고, 따라서 궁량이 크지 못하고 지혜가 깊지 못하다면 발휘할 수 없는 능력이다.

배운 것을 달달 외워 좋은 점수를 받을 수는 있지만 쓰이지 않고 쌓여만 있는 지식은 지혜로 숙성되지 않는다. 머릿속에 지식을 채우는 것이 중요한 게 아니고 몸뚱이로 부지런한 것만이 다가 아니다. 앎과 삶이 하나 되게 살아가는 것, 그것이 곧 배우는 이가 바라보고 나아가야 할 길이다.

바다에서 잃어버린 그릇을
강에서 찾는 사람

옛날에 배를 타고 바다를 건너다 은으로 만든 그릇을 바다에 떨어뜨려 버린 사람이 생각하였다.

'그릇이 떨어진 물 위에 표시를 해두었다가 나중에 와서 찾아야지.'

두 달 뒤 사자국에 도착한 그 사람이 길을 가다 강물을 보고 들어가 잃어버린 은그릇을 찾기 시작했다. 그런 그를 보고 사람들이 물었다.

"뭐하시오?"

"전에 잃어버린 은그릇을 찾고 있소."

"그릇을 어디서 잃어버렸는데 여기서 찾겠다 하오?"

"바다에서 잃어버렸소."

사람들이 다시 물었다.

"그릇을 잃어버린 지는 얼마나 되시오?"

"두 달 전이오."

"두 달 전에 바다에서 잃어버린 것을 왜 지금 여기서 찾으려고 하시오?"

사람들이 묻자 그가 대답했다.

"은그릇을 떨어뜨렸을 때 내가 바다 위에 표시를 해두었는데 지금 보니 이곳이 그곳의 물과 달라 보이지 않아 찾으려고 하는 것이오."

"물은 같을지 몰라도 두 달 전에 바다에서 잃은 것을 당신은 지금 강에서 찾겠다 하니 어떻게 찾을 수 있겠소?"

그러면서 그가 하는 어리석은 짓을 비웃지 않는 사람이 없었다.

바른 가르침을 따라 수행하지 않고 비슷하기만 할 뿐 바르지 않은 견해와 고행 등으로 괴로움을 겪으며 해탈에 이르겠다고 외도들이 벌이는 짓들도 바다에서 잃어버린 그릇을 강에서 찾으려고 하는 어리석은 사람이 하는 짓과 다를 것이 없다.

'각주구검刻舟求劍'이란 사자성어에 얽힌 고사와 유사하다. 초나라에 살던 어떤 사람이 배를 타고 강을 건너다가 칼을 물에 떨어뜨렸다. 그는 곧바로 배 위에 표시를 해두고 생각했다. '이곳이 내가 칼을 떨어뜨린 곳이다.' 그러나 배가 멈춘 뒤 표시를 해둔 곳에서 칼을 찾아보려 했지만 배는 이미 칼을 떨어뜨린 곳에서 한참이나 멀리 흘러온 뒤였고 물에 빠트린 칼을 찾으려는 그의 시도는 헛일이 되고 말았다.

외도外道는 바르지 못한 길이라는 뜻으로, 내도內道라고 말할 때의 불교 이외의 잘못된 가르침을 가리키는 말이다.

외도 안에는 인간 삶의 주재자로 신을 신앙하는 바라문사상을 비롯하여 고대 인도에서 《베다》를 부정하고 바라문에 반기를 들며 등장한 숙명론, 회의론, 불멸론, 유물론, 이원론 등의 새로운 사조들이 모두 들어 있다.

깨달음을 이룬 붓다가 말한 것은 연기론緣起論, 즉 모든 것은 인因과 연緣의 화합으로 이루어지며 이루어진 모든 것은 시간의 흐름 속에 변화한다는 가르침이었다. 그럼에도 불구하고 여기서 중요하게 보아야 할 말이 '외도' 하나만은 아니다. 중요한 것은 배움이 아니라 삶이기 때문이다. 바른 길에 들어서고도 비뚤어진 삶을 사는 사람에게 '바른 가르침 만난 것만 해도 천만다행이다'라고만은 할 수 없지 않은가!

베어낸 살을
떼어낸 살로 갚으려고 한 왕

옛날에 어떤 사람이 왕의 허물에 대해 이렇게 말했다.

"왕의 폭정이 매우 심하고 다스리는 것이 이치에 맞지 않다."

들고 나서 화가 난 왕은 그 말을 누가 했는지 자세히 알아보기도 전에 곁에서 아첨하는 이의 말만 듣고 어진 신하를 붙잡아 그의 등에서 백 냥가량의 살을 떼어내게 했다. 그러나 다른 사람이 그가 한 말이 아니라는 것을 증명하자 왕이 후회하며 천 냥의 살을 구해 살을 떼어낸 어진 신하의 등에 붙여주게 했다. 한밤중에 어진 신하의 고통스러운 신음소리를 들은 왕이 말했다.

"백 냥의 살을 떼어내고 그 열 배인 천 냥 살을 줬는데도 부족한가? 왜 그렇게 고통스러워하는가?"

옆에 있던 신하가 왕에게 말했다.

"대왕이시여, 만일 왕자님의 목을 벤 뒤 천 명의 머리를 얻더라도 죽은 왕자님을 살려낼 수는 없습니다. 마찬가지로 그가 지금 비록 열 배의 살을 얻었다고 하더라도 고통을 면할 수는 없을 것입니다."

어리석은 사람이 하는 짓도 이와 같아서 다음 생을 두려워하지 않고 이번 생에서 쾌락에 탐착하는가 하면 수단과 방법을 가리지 않고 쥐어짜낸 다른 사람들의 재물을 이용하여 자기 죄가 없어지기를 바라고 더 큰 복이 내리기를 바란다. 그러나 그것은 마치 이야기 속에 나오는 왕이 신하의 등에서 살을 도려낸 뒤 다른 사람의 몸에서 베어낸 살로 그 자리를 채워주며 고통스럽지 않기를 바라는 것과 같아서 잘하는 일이라 할 수 없다.

입으로 하는 말도 처음과 중간과 끝이 모두 좋아야 한다 했는데, 몸으로 사는 삶을 말하면서 끝이 좋으면 모든 게 좋아진다고 할 수는 없다. 모든 사건과 사물이 인연의 화합으로 나타났다가 사라진다고 보는 이들은 그 사건과 사물을 낱개의 사건이나 사물로 생각하지 않는다. 한 사건과 사물이 시작에서 끝으로 이어지는 것처럼 모든 사건과 사물 역시 상호간에 시작이면서 끝으로 이어진다고 보기 때문이다.

'끝이 좋으면 결국 좋은 것'이라고 말할 수 있는 예외적인 경우가 있기는 하다. 하고자 하는 일이 '나' 한 사람만을 위한 것이 아닌 경우이고, 일을 하는 과정에서 '나'에게 해로움이 있을 것을 외면하지 않았을 때다.

그러나 이 말도 종합해보면 결국 처음과 중간과 끝이 모두 좋은 것을 알게 된다. 나쁜 짓을 해서 모은 재물로 좋아 보이는 일을 하려는 것은 자기가 저지른 나쁜 짓이 지워지기를 바라기 마음 때문이고, 그렇게 해서 좋은 결과가 나타나기를 바라는 마음 때문일 것이지만 앞에서 예로 든 것과 달리 이 경우에는 처음과 나중 모두가 좋지 않은 의도로 이루어진 일이라는 것을 알 수 있다.

'중생은 결과를 두려워하지만 보살은 시작을 신중하게 여긴다'라는 말을 따르자면 나쁜 짓을 해서 모은 재물로 좋은 일을 하는 것은 하품下品의 삶을 사는 것이다. 바르게 벌어 좋은 일에 쓰는 것이 상품上品의 삶일 것은 말할 것도 없을 것이고.

새 아들을 얻고자
키우던 아들을 죽이려 한 여인

옛날에 아들 하나를 둔 여인이 또 아들을 갖고 싶어 사람들에게 물었다.

"누가 내게 또 아들을 낳게 할 수 있나요?"

그 말을 듣고 한 노파가 그녀에게 말했다.

"그대의 바람을 이루려면 하늘에 제사를 지내야 한다."

여인이 물었다.

"제사에는 무엇을 바쳐야 하나요?"

노파가 다시 말했다.

"네 아들을 죽여 그 피로 하늘에 제사를 올리면 틀림없이 아들을 많이 낳을 수 있을 것이다."

여인이 노파의 말을 듣고 자기 아들을 죽이려고 하자 옆에 있던 지혜로운 사람이 조롱하듯 그녀에게 말했다.

"어리석고 무지한 여인이로다. 아직 생겨나지도 않은 아이를 얻을 수 있을지도 모르는데 눈앞에 있는 살아 있는 아들을 죽이려고 하다니."

어리석은 사람들이 하는 짓이 이와 같아서 아직 생기지도 않은 즐거움을 위해 스스로 불구덩이로 뛰어들고, 몸에 해로운 온갖 짓을 저지르면서도 그것으로 천상에 이르기를 바란다.

사람들은 습관적으로 지난날을 돌아보고 앞날을 갈망하면서도 정작 살아 있는 지금 이 순간에는 집중하지 못한다.

먼 길을 가는 사람에게 중요한 것이 지금 내딛는 한 걸음 한 걸음인 것처럼 우리 삶도 지금이라는 짧은 순간과 오늘이라는 시간의 토대 위에 이뤄지는 것이다. 내일을 위해 오늘을 쓰는 것이 아니라 오늘을 잘 쓴 뒤에 내일을 맞는 것이다. 시간은 그 누구에게도 내일을 약속하거나 보장하지 않는다. 그래서 집중해야 하는 것은 이곳이라는 장소와 지금이라는 시간이다. 이곳에서 잘 살아낸 사람이라야 그곳에서 잘 살 수 있는 힘을 얻을 수 있고, 탄탄하게 살아낸 오늘이라야 내일로 가는 징검다리가 될 수도 있다. 내일 그곳에서 이루어질 삶을 위해서 오늘 이곳에서의 삶을 버려도 좋다고 생각하며 살아가는 사람에게는 내일 역시 버려도 좋을 오늘이 되어버릴 테니...

정진精進

−

완성을 선언하지 않는 삶

"사는 동안 도달도 완성도 없다.
다만 물러나거나 멈추지 않고 나아갈 수 있기를 바랄 뿐."

바다에서 얻은 침향으로
숯을 만든 사람

먼 옛날 부잣집에 태어나 고생을 모르고 자란 아들이 하나 있었는데, 몇 년 동안 바다로 나가 채취한 침향을 수레에 싣고 집으로 돌아와 시장에 내다 팔려고 했다. 그러나 값이 비싸 거래가 잘 이뤄지지 않았고 며칠이 지나도 물건이 팔릴 기색이 보이지 않았다. 그때 옆에서 숯을 팔던 사람이 한나절 만에 갖고 온 물건을 모두 팔아버리는 것을 보고 '차라리 숯을 만들어 파는 것이 낫겠다'고 생각하고 곧바로 침향을 숯으로 만들어 팔아버렸다. 그러나 그의 수중에 들어온 돈은 숯 반 수레 값에 지나지 않았다.

세상의 어리석은 사람들이 하는 짓도 이와 같아서 이런저런 다양한 방편을 통해 열심히 정진하여 부처가 되기를 바라다가 그것을 이루기가 무척 어렵다는 것을 알게 되면 곧 생각을 바꿔버린다. 성문승들이 구하는 낮은 단계의 과위, 즉 어서 빨리 윤회의 고해를 벗어나 열반에 드는 아라한이 되는 것이 낫겠다고 물러나버리는 것이다.

생각해봐야 할 것들이 여러 가지다. 이야기의 주인공이 하필이면 부 잣집 아들이라는 것과 몇 년이라는 시간을 들여 얻은 것이 귀한 물건이 었다는 것과 주인공이 시장에 물건을 내놓았을 때 가치에 합당한 가격을 정하고 희귀성에 어울리는 시간을 투여했는지 하는 것들이다. 돈이 삶을 지배하는 세상에 길들여진 사람들은 모든 것을 상품화된 가치로 환산하 여 우열을 가리려는 경향이 있는데, 침향과 숯의 직렬적인 비교도 그런 범주를 벗어나지 않는다. 돈으로 환산된 가치에서는 당연히 숯이 침향을 따를 수 없지만 숯이 된 침향은 원래의 숯보다 못한 가치로 전락하고 만 다. 숯은 숯이라는 자리에 있을 때 최상의 가치를 발휘하고 침향은 침향 의 자리에서만 숯에 비해 상대적으로 높은 가치를 가질 뿐, 침향이 숯의 자리에서 숯보다 나은 상품이 될 수 없고 침향의 자리에 올려진 숯은 보 기에도 초라한 상품으로 전락하고 만다. 숯이 침향으로 바뀌어야 부처가 되는 것이 아니고 침향 역시 숯이 되고 나서야 부처가 되는 것이 아니다. 숯에게도 침향과 마찬가지로 부처가 되는 길이 있다. 중생의 길에서 한 치도 벗어나지 않는 삶을 사는 사람이 아라한이라는 과위에 대해 이러니 저러니 하는 것도 우습거니와 부처되기를 바라며 불자의 길을 걷는 사람 이 생애 중에 어느 날 그 바람을 내려놓는 것 또한 안타까운 일이다. 사는 동안 도달도 완성도 없다. 다만 물러나거나 멈추지 않고 나아갈 수 있기 를 바랄 뿐.

비단을 훔쳐
해진 옷을 가리는 데 사용한 도적

옛날에 한 도적이 부잣집에서 훔쳐낸 비단으로 해진 옷을 싸는 데 사용하다 지혜로운 이들에게 웃음을 산 적이 있었다고 하는데, 세간의 어리석은 이들이 붓다의 가르침을 만나고도 삿된 이로움을 탐하다가 번뇌를 물리치는 청정한 계행과 갖가지 공덕을 깨뜨리며 세상 사람들의 웃음거리가 되어버리는 것이야말로 훔친 비단으로 해진 옷을 가리는 것과 다를 것이 없다.

'불사佛事'란 말의 사전적 의미 가운데 첫머리에 나오는 것은 '부처가 중생을 교화하는 일'이고 그 다음이 '불가에서 행하는 모든 일'이다. 그런데 요즘 들어 세간 사람들이 이해하는 그 말은 거의 '절에서 일으켜지는 대형 공사나 행사' 정도를 벗어나지 못한다.

산을 깎아 골프장을 들이는 것이 사람들의 건강한 삶을 위해서가 아닌 것처럼 조화를 이루고 있던 산중사찰에 숨 쉴 공간 없이 전각들을 들여 세우는 것 또한 어렵게 살아가는 사람들을 부처님의 가르침으로 구제하려는 뜻으로만 읽히지는 않는다. 그도 그럴 것이 그런 일에는 으레 특정한 한 사람의 이익에 관한 소문이 꼬리에 꼬리를 물고 번지기 때문이다.

날마다 쉬지 않고 공부하는 사람이 좋은 성적을 거두고, 언제라도 운동하기를 게을리하지 않아야 건강할 수 있는 법인데, 지금 이 순간의 삶에 충실해야 잘 살 수 있다고 가르치는 사람이 나설 때와 물러날 때를 구분하지 못하고 채울 때와 비울 때를 분간하지 못하며 속인과 다름없이 놓아야 할 것들을 붙잡은 채 살아간다면 불법이라는 비단옷으로 때 낀 더러운 몸을 가리고 살아가는 것과 다를 것이 없다. 큰 방과 비싼 차가 어떻게 수행자의 정진에 보탬이 될 수 있을 것이며 풀기 빳빳한 옷 따위가 어떻게 수행의 척도가 될 수 있을 것인가.

볶은 참깨를
땅에 심은 사람

옛날에 한 어리석은 사람이 참깨는 날로 먹는 것보다 볶아서 먹는 것이 더 맛있다는 것을 알고 '볶아서 심으면 더 맛있는 참깨를 얻을 수 있을 것'이라고 생각한 끝에 볶은 참깨를 땅에 심었다. 그러나 볶은 참깨에서 새싹이 돋아날 리 없었다.

세상에서 벌어지는 일들도 이와 같아서 오랫동안 이어지는 수행을 힘들어 하던 보살이 '차라리 아라한이 되어 생사문제부터 끊어내고 열반에 든 다음에도 깨달음에 이를 수 있을 것'이라는 바람을 품어보지만 그런 바람은 끝내 이뤄질 수 없다. 그것은 마치 볶은 참깨 같아서 다시는 싹을 틔우고 키우는 기운을 발휘할 수 없기 때문이다. 어리석은 사람들은 그렇게 정진의 씨앗을 죽여버린다.

소승과 대승을 달리 말하고 성문과 연각과 보살을 나눠 말하지만 그 각각은 불법의 부분이며 또한 전부이다. 붓다의 가르침은 진화하지 않는다. 다만 때와 땅에 따라 변화할 뿐이다. 문제는 물러서거나 멈추지 않고 부지런히 앞으로 나아가는 것이다. 그 셋은 단계나 계위 같은 것이 아니다. 말하자면 아라한을 거친 뒤라야 보살에 이를 수 있는 것이 아니다. 어디서나 경계해야 할 것은 이만하면 되었다고 생각하는 것, 그리고 성취의 결과를 자신만의 것으로 생각하는 것이다. 난행難行은 살기에 편하지 않은 환경에서 수행하는 것을 말하고 고행苦行은 견디기 어려운 일을 통해 수행하는 것을 말한다. 그러니 '難'과 '苦'라는 두 글자를 어렵고 괴로운 것으로만 읽어서는 곤란하다. 수행은 어려움과 괴로움을 견뎌내며 이뤄가는 것이 아니라 수행자가 즐거움을 느끼며 수행의 결실을 키워가는 것이기 때문이다. 말하자면 어려움이나 괴로움이라고 표현되는 것들은 세상 사람들의 기준으로 보기에 그렇다는 것일 뿐이다. 지혜와 자비를 두 날개 삼아 부처님 법을 따라 사는 이들은 보살이니 아라한이니 하는 분별어로 사람을 가르지 않고 대승이니 소승이니 하는 높낮이를 가진 말로 불법을 나누지 않는다.

불과 찬물을
함께 잃어버린 사람

옛날에 어떤 사람이 불과 찬물을 쓸 일이 있어서 깨끗이 씻은 그릇에 물을 채워 불 위에 올려놓았다. 그런 다음 불을 쓰려고 했더니 불이 모두 꺼져버렸고, 찬물을 쓰려고 했더니 뜨거운 물로 바뀌어 두 가지 모두를 잃어버린 꼴이 되었다.

세상 사람들이 하는 일도 이와 같아서 불법에 귀의하여 출가를 했으면서도 세상에 두고 온 아내와 자식을 생각하고 세속의 다섯 가지 욕망(재물, 음욕, 명예, 음식, 잠)의 즐거움을 되돌아본다. 그리하여 자신이 갖고 있던 공덕과 정진의 불 기운과 계율을 지켜 생긴 청정한 물의 기운을 잃어버린다. 망상과 욕망을 가진 사람도 또한 그러하다.

한 마음에 두 사람을 품을 수 없고 한 손아귀로 두 멱살을 잡지 못한다. 출가出家란 도道를 찾아 집을 떠나는 것이고 출리出離란 세속과의 관계를 끊는 것을 말하지만 그렇다고 그 둘이 몸으로 세속을 떠나는 것만을 의미하지는 않는다.

그 말은 몸을 어디에 두고 살든 채울 수 없는 욕망과 쾌락을 쫓는 삶의 방식 대신 지족과 안락을 구하는 방식으로 살아야 하는 것을 의미한다. 마을을 떠나 산속에서 홀로 사는 사람이라 하더라도 하고 싶고 갖고 싶은 마음이 달라지지 않은 채로 삶이 바뀔 리 없다. 도회지 사람들의 걸음걸이를 배우려고 한단邯鄲으로 갔던 수릉壽陵의 젊은이가 도성 사람들의 걸음걸이를 미처 다 배우기도 전에 집으로 돌아가다 보니 자신의 본래 걸음걸이조차 잊어버려 기어갔다는 고사가 있다. 하나를 온전히 버린 뒤에 새로운 하나를 얻게 되는 것이야말로 세간과 출세간을 관통하는 불변의 법칙 아니겠는가.

눈을 실룩거리는 왕을
흉내 내다가 쫓겨난 사람

옛날에 어떤 사람이 왕의 환심을 사고 싶어 다른 사람에게 물었다.

"어떻게 하면 왕의 환심을 살 수 있겠습니까?"

그 말을 듣고 다른 사람이 말했다.

"왕의 환심을 사려거든 왕의 모습을 닮아야 한다."

그는 바로 궁으로 가 왕을 만났다. 그리고 눈을 실룩거리는 왕을 따라 자신도 눈을 실룩거렸다. 그런 그에게 왕이 물었다.

"어디 아픈가? 풍이라도 맞았는가? 어째서 눈을 실룩거리는 것인가?"

"눈이 아픈 것도 아니고 풍을 맞은 것도 아닙니다. 대왕께서 좋아하실 것 같아서 대왕님을 따라 눈을 실룩거린 것입니다."

왕이 그 말을 듣고 크게 노하여 그에게 여러 가지 벌을 내린 뒤에 나라 밖으로 쫓아버렸다.

세상 사람들도 이런 짓을 저지른다. 붓다의 가르침을 만나 선법을 얻고 덕행을 키울 수 있기를 바랐으면서도 정작 붓다의 법을 만난 뒤에는 중생을 위해 여러 가지 방편으로 중생을 깨달음의 길로 이끈 것을 알지 못하고, 불법 안에 단점이나 이상한 글자가 보이면 배울 것이 못 된다고 헐뜯다가 수행의 이익을 잃어버린 채 지옥, 아귀, 축생의 삼악도로 떨어지고 마는데, 왕을 만나 눈을 실룩거리는 것을 흉내 내다가 쫓겨난 사람의 어리석은 행동도 이것과 다르지 않다.

배운 것이 달라도 사는 모습이 닮은 사람이 있고 같은 것을 배우고도 배운 것을 다르게 풀어 쓰는 사람이 있으며, 배우지 못했으나 배운 사람 못지않게 향기롭게 사는 사람이 있는가 하면 많이 배우고도 배운 사람 같지 않게 구린 삶을 사는 사람이 있다.

공자는 '세 사람이 길을 가면 그중에 반드시 스승이 있다'고 했고, '좋은 것은 본받고 나쁜 것은 살펴서 스스로 고쳐야 한다'고도 했다. 그리고 보면 좋은 배움과 나쁜 배움이 따로 있는 게 아니라 배움이 좋은 쓰임과 나쁜 쓰임으로 나뉠 뿐이다.

그러니 배움에 있어서 중요한 것은 무엇을 배웠느냐 하는 것보다 무엇을 배웠든 배운 것을 좋은 방향으로 풀어 쓰는 것이고, 배움에는 끝이 없는 것을 알아 언제고 무엇이든 배우려는 마음을 잃지 않는 것이다.

 왕의 환심을 사려는 의도부터가 순수하지 않았고, 왕을 만난 뒤 흉내 내고 싶은 것이 하필 왕이 감추고 싶어 하는 것이었다니 국외추방이라는 나쁜 결과는 결국 배움에 대한 자기 마음의 바탕이 불러온 재앙인 셈이었다. 말이나 글에 갇히고 마는 배움조차 반쪽의 배움이 되고 말 것인데, 하물며 바른 가르침 안에서 잘못된 길을 가는 사람에게 무슨 말을 더할 것인가!

채찍으로 맞은 상처에
말똥을 바른 사람

옛날에 어떤 사람이 왕에게 채찍을 맞은 뒤 얼른 낫기위해 상처 위에 말똥을 발랐다. 한 어리석은 사람이 그것을 보고 마음속으로 '상처를 빨리 치료하는 법을 알았다'고 좋아하며 집으로 돌아가 아들에게 말했다.

"내 등을 채찍으로 때려라. 치료 방법을 배웠으니 지금 시험해봐야겠다."

아들은 아버지의 등을 채찍으로 내려친 뒤 핏발 선 상처 위에 말똥을 발랐다.

세상 사람이 하는 짓도 그와 같다. 부정관을 닦아 오음으로 이루어진 몸뚱이의 깨끗하지 못한 것을 제거한다는 말을 듣고 '여색과 오욕을 관한다'고 하다가 부정한 것은 보지 못한 채 거꾸로 여색에 빠져 생사를 유전하다 지옥으로 떨어지니 멀쩡한 곳에 상처를 내고 그 위에 말똥을 덧칠한 어리석은 사람과 다를 것이 없다.

국내에서 최고 선수로 활약하다가 해외 유명 리그로 진출했더라도 수준 높은 무대에서 적응하지 못해 출전할 기회를 잡지 못하면 자국에서조차 그 선수를 국가대표로 선발해주지 않는다. 벤치에서 쉬는 동안 떨어져버린 실전 경험 때문이다. 신인이 주전 자리를 확보하기 어려운 것도 사정이 다르지 않다. 웬만큼 뛰어난 재능을 타고난 선수가 아니고서는 선배들이 실전을 겪으며 쌓은 경험의 벽을 넘기가 쉽지 않기 때문이다.

가진 재주가 다가 아니고 얻은 배움도 다가 아니다. 가진 재주와 배운 것을 어떻게 풀어 쓸 것인가는 전적으로 재주와 배움을 가진 사람의 마음결을 따른다. 채찍으로 맞은 상처를 치료할 약이 없는 것도 아니고, 말똥이 약이 되지 않는 것도 아니며, 배웠다고 해서 아무데나 풀어 쓸 수 있는 것도 아니다. 지혜로운 이에게 도둑질이 어찌 나쁜 짓이기만 하겠으며, 어리석은 자에게 배움이 꼭 좋은 일이기만 하겠는가!

아내의 코를 자른
남편

옛날에 품행이 바르지만 코가 못생긴 부인을 둔 사내가 있었다. 그가 밖에 나갔다가 용모가 단정하고 코가 예쁜 부인을 보고 생각했다.

'이 여자의 코를 가져다 아내 얼굴에 붙여주면 좋겠구나.'

그러고는 그 여인의 코를 잘라 집으로 갖고 가서 다급하게 아내를 불렀다.

"빨리 나오시오. 당신에게 예쁜 코를 주겠소."

아내가 나오자 그는 곧 아내의 코를 자르고 그곳에 가져온 코를 붙이려고 했다. 그러나 가져온 코는 붙지 않았다. 공연히 아내에게 고통만 주고 더하여 아내의 코까지 잃어버린 셈이었다.

세상의 어리석은 사람들이 하는 짓도 이와 같다. 덕 높은 사문과 바라문이 이로움을 얻으려는 사람들에게 높이 대접받는다는 소문을 듣고 나서 자신도 그들과 다를 것이 없다고 생각한다. 그러고는 자기가 덕이 있는 것처럼 거짓말을 함으로써 그나마 닦은 공덕과 품행까지 잃고 마는 바라문과 다른 사람의 코를 자른 세속인의 어리석은 행동이 다를 것이 없다.

자연 속의 산하는 있는 그대로가 풍경이고 계절 따라 저절로 바뀌는 모습까지 절경을 이루지만 인공정원은 사람 품이 들어가야 비로소 볼 만해지고 봐주는 손길을 거두면 이내 폐허가 되고 만다. 그런데도 사람들은 타고난 것이 아름답다는 말을 믿지 않는다. 세상에 단 하나뿐인 자신의 독특함에 만족하지 못한 채 끊임없이 누구처럼 또는 누구만큼 같아지려는 바람을 품는다.

　　그래서 손에 꼽는 미남미녀들까지 얼굴이나 몸에 가진 콤플렉스를 말하고, 나이 들어서도 자연스러운 아름다움에 눈을 뜨지 못한다. 높인 코가 겸손함을 가르칠 리 없고, 깎은 턱이 사려와 배려를 키워주지는 않는다. 아름다운 꽃은 꺾이기 쉽고 해로운 잡초는 뽑히기 쉽다. 달라져야 할 것은 사람이지 생긴 모양이 아닌데, 수행자가 갖고 싶어 하는 것이 하필이면 공덕 아닌 명성이어야 할 것인가!

베옷을 불에 태운
가난한 사람

옛날에 살림이 어려운 사람이 남의 집에서 일을 해주고 거친 베옷 한 벌을 구해 입었다. 어떤 사람이 그를 보고 말했다.

"당신은 좋은 집안의 자손인 것 같은데, 어째서 이렇게 거친 베로 지은 옷을 입고 있는 것이오? 내가 지금 당신에게 귀하고 보기 좋은 옷을 구할 방법을 가르쳐줄 테니 마땅히 내 말을 들어보시오."

가난한 사람이 그 말을 듣고 기뻐하며 불을 피우자 이어 말했다.

"지금 입고 있는 옷을 벗어 불 속으로 던지면 옷이 탄 곳에서 귀하고 아름다운 옷을 얻을 수 있을 것이오."

가난한 사람은 바로 옷을 벗어 불 속으로 던졌다. 그러고는 옷이 탄 곳에서 좋은 옷을 찾아보았으나 찾을 수가 없었다.

세상 사람들이 하는 것도 이와 같다. 지난날 여러 가지 좋은 가르침을 갈고 닦은 까닭에 사람 몸을 받아 이 세상에 왔으면서도 그것을 보호하고 자신의 공덕과 선업을 키우지 못한 채 외도와 사악한 무리의 유혹에 넘어가버린다.

"너희는 지금 마땅히 내 말을 믿고 여러 가지 고행을 닦은 뒤 바위 아래로 몸을 던지고 불 속으로 뛰어들어 너희들의 몸을 버리면 범천에 태어나 오래도록 쾌락을 얻을 수 있다."고 하는 말에 넘어간 사람들이 자신의 몸을 엉뚱한 곳에 던져버리지만 죽은 뒤에 지옥에 떨어져 온갖 고통을 겪는다. 몸을 버리고도 얻은 것 없기가 가난한 사람이 옷을 태운 뒤 맨몸뚱이가 되어버린 것과 다름이 없다.

'개똥밭에 굴러도 이승이 낫다'고 하는 말이야말로 이 세상에 와서 사람 몸으로 살아가는 것의 가치를 보탬 없이 알려주는 말이다. '인업因業에는 선악이 있어도 과보果報에는 선악이 따로 없다'는 말은 사람들이 타고난 것을 자기가 익힌 바에 따라 판단하고 그에 따라 생기는 번뇌로 괴로워하는 것을 경계하라는 뜻으로 하는 말이다. 부모가 부자 아닌 것을 원망하고 똑똑한 사람이나 멋있는 외양을 타고난 사람을 부러워하기만 하는 동안에는 이 세상에 사람으로 태어난 것이 얼마나 귀한 것인지 알지 못한다.

비단옷이 베옷보다 낫다는 것이 사실인가 따지기 앞서 비단옷이 베옷보다 보기 좋다는 것을 인정한다고 하더라도 비단옷을 얻는 방법이 베옷을 불에 태우는 것이었다면 생각해볼 것도 없이 바르지 못한 가르침이요 잘못된 배움이다.

개나 돼지는 살아서 절대로 사람이 되지 못하지만 사람은 살면서 언제든 개나 돼지가 될 수 있다는 것을 알아야 한다. 사람으로 태어나는 것만큼 크고 좋은 과보가 없는데, 사람으로 살아가는 것 이상의 선업이 어디 있겠는가.

한자리를 지키며 살아도 나무는 사람들에게 부러움을 사고, 일이 없어지고 나면 반드시 여유가 찾아온다. 어둠 속에 들어서서 아무것도 보이지 않을 때 눈을 감는 것처럼 불꽃처럼 욕심이 생길 때 그 욕심을 내려놓으면 비로소 가야 할 길이 나타난다.

양을 잘 키우는
어리석은 사람

옛날에 양을 잘 키우는 욕심 많은 사람이 있었는데, 양의 숫자가 크게 늘어나도 다른 사람을 위해서는 한 마리도 쓰지 않았다. 사기꾼 하나가 그에게 접근하여 친해진 뒤에 말했다.

"내가 아름다운 여인이 사는 곳을 아는데, 우리가 이제 한 몸이나 다름 없는 사이가 되었으니 그 여인을 자네 아내로 맞이할 수 있게 해보겠네."

양을 키우는 사람은 그 말을 듣고 기뻐하며 그에게 한 무리의 양떼와 재물을 주었다. 얼마 뒤에 사기꾼이 또 말했다.

"자네 아내가 오늘 아들을 낳았다네."

양을 키우는 사람은 아내를 보지도 못했으면서 아들을 낳았다는 소리를 듣고 기뻐하며 이번에도 많은 재물을 그에게 주었다.

"오늘 자네 아들이 죽었다는 소식을 들었네."

사기꾼이 찾아와 하는 말을 듣고 양을 키우는 사람은 크게 슬퍼하며 울음을 그치지 않았다.

세상 사람들도 이와 같다. 배운 것이 이미 많으면서도 잇속과 명예에 대한 마음을 내고, 자기가 아는 것이 아까워서 감춰둔 채 사람들을 위해 가르치거나 알려주려고 하지 않으며, 번뇌덩어리 몸뚱이의 유혹에 빠져 허망하게 세상의 환락을 구하여 처자식이라도 되는 것처럼 여기다가 그것에 속아 자기가 배운 좋은 가르침까지 잃어버리고, 마침내 자기 목숨과 재물까지 모두 잃어버린 뒤에 슬픔에 빠져 괴로워하는데, 양을 키우는 욕심 많은 사람이 저지른 어리석은 행위와 다를 것이 없다.

돈을 넣어둔 지갑에서 돈을 빼내면 지갑이 얇아지지만 아는 것은 나눠 써도 그 양이 줄지 않는다. 돈은 욕심 때문에 나눠 갖기가 쉽지 않지만 앎을 삶에 이롭게 활용하지 못하는 것은 게으르기 때문이다. 바른 삶이 교실 안에서 치러지는 시험 같은 것도 아니요, 가야 할 좋은 곳에 선착순 도착이나 수용능력 같은 것이 있는 것도 아닌데, 배운 것을 다른 사람에게 알려주기 싫어하는 사람에게는 아직 욕심에 관한 풀리지 않은 매듭이 남아 있어 그렇다.

하기야 지식까지도 재산으로 여기는 세상이라 함부로 할 수 있는 말은 아니다. 그러나 모르고 한 것은 실수라고 봐줄 수도 있지만 알고도 하지 않았다면 실수가 아니라 잘못이다.

소유하는 것에는 권리뿐 아니라 의무도 함께 따라오게 되어 있고, 그런 면에서 배움 또한 재물과 다를 것이 없다.

재물을 그동안 들인 수고에 대한 결실로만 생각하고 지식을 노력의 결과로만 생각한다면 잘못이다. 번 돈은 쓸 데를 찾아 써야 하고 배운 것은 활용할 곳을 살펴 펼쳐내야 한다. 사람 몸을 받았으면 사람답게 살아야 하고 불법을 만났으면 불자답게 살아야 하는 것처럼. 몰랐다면 모를까 알고서도 못한다면 얼마나 아깝고 아쉬운 일이 되어버리겠는가!

도공 대신
나귀를 데려온 사람

옛날에 한 바라문이 큰 법회를 열기 위해 제자에게 말했다.

"법회에 쓸 그릇이 필요한데 시장에 가서 돈을 주고 옹기장이 한 사람을 데려오너라."

제자는 곧 옹기장이를 찾으러 길을 떠났다. 그때 한 사람이 그릇을 시장에 내다 팔기 위해 나귀 등에 싣고 가다가 나귀의 실수로 한순간에 그릇이 모두 깨져버리자 슬피 울며 집으로 돌아가고 있었다. 그 모양을 본 바라문 제자가 물었다.

"무슨 일로 이렇게 슬피 우시오?"

옹기장이가 말했다.

"내가 지난 몇 년 동안 갖은 고생 다해가며 만든 그릇을 시장에 내다 팔려고 했는데, 저 못된 나귀가 순식간에 그릇을 모두 깨뜨려버렸기 때문이오."

바라문의 제자가 그 말을 듣고 기뻐하며 말했다.

"오랜 시간 공들여 만든 것을 순식간에 깨버린 것을 보니 이 나귀가 정말로 보통 물건이 아닌 듯하오. 내가 당장 이 나귀를 사겠소."

옹기장이가 좋아하며 나귀를 그에게 팔아버렸다. 제자가 나귀를 타고 돌아오자 바라문이 물었다.

"데려오라는 옹기장이는 데려오지 않고 어디다 쓰려고 나귀를 타고 왔느냐?"

제자가 말했다.

"나귀가 옹기장이보다 낫습니다. 옹기장이가 오랫동안 만든 그릇을 나귀가 눈 깜짝할 사이에 모두 깨뜨려버렸다고 합니다."

바라문이 탄식하며 말했다.

"지혜라고는 없는 어리석은 인간아! 나귀가 순식간에 그릇을 깨뜨릴 수는 있지만 백 년이 가도 그릇 하나 만들 수 없다는 것은 몰랐느냐?"

세간의 사람들도 이와 같다. 백 년 천 년 사람들의 공양을 받고도 보답은커녕 손해를 끼치는 일만 저지르며 끝내 보탬이 되지 못한다. 은혜를 저버리는 사람들 하는 짓이 또한 이와 같다.

세월호 침몰사고와 그 수습과정을 지켜본 것만으로도 밤마다 악몽을 꾸었다. 자식과 가족을 잃은 사람들이 겪어야 할 슬픔과 억울함의 크기는 상상하기조차 어렵다. 꽃 같은 아이들이 바닷물이 밀려드는 것을 바라보며 공포에 떨고 있을 때, 선박직 선원들은 손 한 번만 뻗으면 닿을 수 있는 비상벨조차 누르지 않고 배를 빠져나갔다.

교육의 부재를 말하는 사람들도 있었고, 열악한 환경을 말하는 사람들도 있었지만, 똑같은 환경에서도 사람에 따라 선택한 길이 달랐다. '바닷사람의 수치'라고 표현한 해외언론이 있었다. 그렇게 보면 답이 분명해진다. 선택하지 않았다면 모를까 일단 선택했다면 그에 어울리는 사람으로 살아야 한다. 가라앉는 배에 수많은 사람들을 남겨둔 채 자기들끼리 챙겨서 도망치듯 배를 떠난 사람들에게 다른 곳보다 급여가 많지 않아 할 일을 하지 못했을 것이라고 말하거나 교육을 받지 못해 그래야 하는 것인 줄 몰랐을 것이라고 할 수는 없다.

결혼과 함께 자식에 대한 부양의 의무가 생겨나듯이 뱃사람이 되는 순간 배에 탄 승객을 보호할 의무가 생겨나는 것이고, 머리를 깎고 먹물 옷을 입는 순간 중생제도의 큰 짐을 스스로 지고 나선 것이다. 저 살기 바빠 승객을 놔두고 도망친 사람이 뱃사람들의 수치가 되는 것처럼 아기를 버린 부모는 매정하다는 사람들의 지탄의 소리를 듣지 않을 수 없고, 청정한 삶을 잃어버린 수행자도 악취에 대한 세상의 손가락질을 피할 수 없다.

몇 년 동안 애를 써서 만든 그릇이 깨진 것은 그래도 약과다. 천 년을 넘는 진리의 가르침도 무너지는 것은 한순간이다. 그리고 그것이 어떻게 진리 자체의 허물 때문에 일어나는 일일 수 있겠는가!

금을 훔친
장사꾼

 옛날에 상인 두 사람이 함께 장사를 했다. 한 사람은 순금을 팔고, 또 한 사람은 툴라나무 열매로 만든 솜을 팔았다. 어떤 사람이 금을 사서 순도를 알아보려고 불 속에 넣어두었다. 솜을 파는 상인이 그 금을 훔쳐 솜으로 싸두었는데 금이 뜨거워서 솜이 타버렸다. 도둑질은 드러나고 솜을 파는 사람은 금과 솜 두 가지를 모두 잃어버렸다.

 외도들이 하는 짓도 마찬가지다. 그들은 불교에서 가르치는 것들을 몰래 가져다 자기네 가르침 속에 넣어 원래부터 자기네가 가르치던 것이라고 거짓말을 한다. 그리고 그렇게 말해온 세월이 길어지면서 외도들의 경전이 사라져 세상에 전해지지 않게 되었다. 훔친 금과 솜을 모두 잃게 된 솜 파는 사람의 도둑질도 외도들이 저지른 잘못과 다를 것이 없다.

흔히들 종교를 문화의 산물이라고 말한다. 문화는 무리를 구성하는 사람들에 의해 습득되고 공유되며 전달되는 물질적 · 정신적 소득을 통틀어 일컫는 말이다. 말하자면 우리 인간이 입고 먹고 사는 것들을 비롯하여 언어, 풍습, 종교, 학문, 예술, 제도 등이 모두 문화라는 말 안에 포섭되는 것들이다.

홀로 설 수 없는 것이 사람인데 사람이 만들어낸 것이 그 자체로 완벽할 수는 없는 일이다. 사람이 세상에 나와 영향을 받고 영향을 미치며 살아가는 것처럼 크든 작든 삶을 구성하는 그 어떤 것도 완벽은커녕 독립적이지도 못하다. 높은 곳에서 언제나 맑은 물을 흘려보내는 우물이라 하더라도 물의 순환이라는 큰 테두리 안에 들어 있는 것일 뿐이고, 깨끗한 것에서부터 더러운 것까지가 모두 참여하는 것인 만큼 물의 순환에서 어느 것 하나를 특정하여 '가장'이라는 수식어를 쓸 수도 없다. '나'가 없고 '내 것'이 없는데 '원래부터 내 것'이라고 할 것이 있을 리 없고, 마찬가지로 생긴 이래로 변하지 않은 불변의 가르침이란 것도 있을 수 없다. 종교와 학문의 경계를 가릴 것 없이 그것을 인정하지 않고 억지를 부리다 사라진 가르침이 한둘이 아니었다. 나쁜 것은 따르지 않고 좋은 것은 받들어 행하는 것이 어떻게 종교라는 틀 안에서만 지켜져야 할 가르침일 수 있겠는가!

과일을 얻으려고
나무를 베어버린 사람

옛날 어느 나라에 구름을 찌를 듯 높이 자라 무성한 가지를 늘어뜨린 것도 모자라 맛 좋고 향기로운 열매를 맺는 나무를 가진 왕이 있었다. 어느 날, 왕궁을 찾아온 사람에게 왕이 말했다.

"이 나무에서 장차 맛있는 열매가 열릴 것인데 그대는 먹고 싶은 생각이 없는가?"

그가 왕에게 말했다.

"이 나무는 키가 크고 가지가 무성한데 어떻게 따먹을 수 있겠습니까?"

말을 마친 그는 나무를 베어 과일을 얻으려고 하였으나 아무것도 얻지 못한 채 헛수고만 하였고, 나무를 다시 심으려고 하였으나 말라 죽어버린 나무가 살아날 까닭이 없었다.

세간에 사는 사람들도 이와 같다. 여래법왕은 지계라는 나무를 갖고 있어서 맛 좋은 열매를 맺을 수 있다.

즐거움을 원하고 맛있는 과일을 먹고 싶으면 마땅히 계율을 지키며 여러 가지 공덕을 닦아야 하는데, 형편에 따라 대응하는 방편을 이해하지 못하면 거꾸로 계율을 무너뜨리게 된다. 베어버린 나무를 다시 살릴 수 없는 것처럼 계율을 깨뜨린 사람도 마찬가지다.

계·정·혜 삼학三學은 불교적 삶을 구성하는 가장 기본적인 고리이며 부처님의 팔만 사천 법문도 모두 삼학으로 귀결된다. 특히 삼학의 첫머리에 자리하는 '계戒'는 불교적 삶의 시발이라 할 수 있는 것이다. 많은 사람들이 알고 있는 것처럼 '계'는 금지하는 것만으로 이루어져 있지 않다. 말하자면 '계'는 금지와 권면을 아우르는 가르침인 동시에 비교할 수 없이 큰 깨달음으로 나아가게 하는 든든한 토대로서의 가르침이다.

수행의 첫걸음에 해당하는 '계'의 단계에서 무너진 수행자는 요동치는 마음을 고요하게 하는 '정定'의 수련은 말할 것도 없고 일체의 분별이나 집착으로부터 자유로워지는 '지혜'의 밭을 일굴 수도 없다. 여기서도 관건은 방편方便이라 할 수 있는데, 방편은 이를테면 융통과도 같고 융통은 또한 변통과도 통한다.

수행자는 책과 스승의 가르침을 통해 배우지만 배움의 과정에서 만나는 언어나 문자의 틀에 얽매이지 않아야 하고, 그럴 수 있을 때 비로소 일탈 없는 방편을 사용할 수 있다.

　융통성 없이 강직하기만 하면 부러지기 쉽고, 곧은 구석 없이 흐느적거리기만 하면 바로 설 수 없으며, 나무에 열리는 과일을 먹고 싶으면 때를 기다릴 줄 알아야 하고, 나무의 키가 클 때는 높이 오를 수 있는 방법을 생각해낼 줄 알아야 한다. 그것이 나무와 나를 함께 살릴 수 있는 길이며 나와 남이 함께 나무의 가치를 선용할 수 있는 길이다.

　'나쁜 짓은 하지 말고 좋은 일을 많이 하라(제악막작 중선봉행諸惡莫作 衆善奉行)'고 하는 가르침을 생각해볼 때 '계'는 '하지 말라'고만 말하지 않는다. 과일을 딸 욕심에 나무를 찍어 넘길 도끼부터 챙기고 있는 것은 아닌지 때때로 돌아봐야 할 일이다.

백 리 길을 오십 리 길로
바꿔 부른 사람들

옛날에 왕성에서 백 리 정도 떨어진 곳에 물맛이 좋은 우물을 가진 마을이 있었다. 왕은 마을 사람들에게 명령을 내려 날마다 맛 좋은 물을 왕성으로 가져오게 했다. 물을 나르느라 힘이 들었던 마을 사람들은 모두 먼 곳으로 떠나고 싶어 했다. 그러자 촌장이 마을 사람들에게 말했다.

"떠나지 마시오. 내가 왕에게 아뢰어 백 리 길을 오십 리 길로 바꿔 달라 하겠소."

촌장의 말을 들은 왕은 바로 그러라고 했고, 그 소식을 들은 마을 사람들은 모두 즐거워했다. 그때 한 사람이 말했다.

"말로만 가까워지면 무슨 소용 있습니까? 우리가 가야 할 길이 달라지는 것도 아닌데…"

그러나 사람들은 왕의 말이라고 하면서 더 이상 마을을 떠나려고 하지 않았다.

세간의 사람들이 하는 짓도 이와 같다. 바른 법을 닦으며 다섯 가지 나쁜 것(오욕락五欲樂)을 건너 열반성을 향해 나아가다가도 길에서 벗어나 생사의 무거운 짐을 지고 다시는 더 앞으로 나아가지 못한다. 여래법왕께서 큰 방편으로 일승의 가르침을 셋(성문승, 연각승, 보살승)으로 나누어 말씀하신 것인데, 소승이라는 사람들은 그 말을 행하기 쉬운 것으로 여겨 흔쾌히 선을 닦고 덕을 키우며 생사의 경계를 건너려고 한다. 나중에는 하나의 길이 있을 뿐 삼승이란 없다고 하는 말을 듣고도 부처님 말씀이라고 하면서 끝내 자기가 알고 있던 것을 버리려고 하지 않으니 백 리 길을 오십 리 길이라고 믿어버린 어리석은 마을 사람들과 하나도 다를 것이 없는 것이다.

불법을 가르치는 현장에서 지금도 벌어지고 있는 일이다. 가르치는 사람이 바르게 알고 있지 못해 일어나는 일이기도 하고, 배우는 사람의 깨침이 닿아야 할 곳에 이르지 못해 나타나는 현상이기도 하다.

매임이 없어야 한다고 하면서도 매임에서 벗어나지 못하고, 분별이 사라져야 한다고 하면서도 분별을 토대로 판단을 한다.

부처님 가르침은 원래부터 하나였다. 있었다면 사람이 지어낸 분별의 요소들이 있었을 뿐이다. 부처님의 가르침은 성장하거나 발전하지 않았다. 사람들의 병에 따라 약을 쓰듯(응병여약應病與藥) 시대의 안팎으로 변화해 왔을 뿐이다. 대승의 가르침을 배우는 것만으로 소승의 삶을 살지 않게 되는 것이 아니다. 다만 대승을 배우고도 그렇게 살지 못해 소승이 되는 것인데, 어떻게 땅에 따라 사람에 따라 대승과 소승이 갈라질 수 있을 것인가!

보물 상자 위에 놓인
거울

옛날에 한 가난한 사람이 사람들에게 많은 빚을 지고도 갚을 수가 없어서 도망을 쳤다. 그가 너른 황무지에 이르렀을 때 상자 하나가 눈에 띄었다. 그 상자 안에는 보물이 가득 들어 있었고, 상자 위에는 거울 하나가 놓여 있었다. 그가 몹시 기뻐하며 상자를 열어보는 순간, 거울 속에 나타난 사람을 보고 깜짝 놀라 손을 모으며 말했다.

"화내지 마십시오. 상자 안에 주인이 있는지 몰랐습니다. 아무것도 없는 빈 상자인 줄 알았습니다."

세상 사람들이 하는 짓도 이와 같다. 헤아릴 수 없이 많은 번뇌에 시달리고 빚쟁이 같은 마왕에게 나고 죽는 일의 독촉을 받는 것이 힘들어 생사의 경계를 떠나 불법 안에서 마치 보물 상자와도 같은 선법을 닦고 여러 가지 공덕을 짓겠다고 생각한다. 그러다가 거울을 보고 미혹에 빠진 사람처럼 자기 몸이 진실된 것이라는 망견에 빠져 선법과 맺은 인연으로부터 멀어져버리고 만다.

또 그렇게 됨으로써 쌓은 공덕을 잃어버리는 데 그치지 않고 선정에 들어 얻은 깨달음으로 나아가는 고결한 품성, 번뇌를 없애는 선법, 그리고 삼승의 뛰어난 가르침을 따르며 획득한 열반의 열매들까지도 모두 잃게 되는데, 그 모습이 거울 속에 비친 자기 모습을 진짜라고 생각하며 보물 상자를 버린 어리석은 사람과 다르지 않다.

비슷한 이야기를 《태평광기太平廣記》에서도 전하고 있다. 깊은 산골에 작은 마을이 있었다. 어느 날, 이 마을에 살던 한 남자가 큰 마을에 들러 시장을 둘러보다가 거울을 하나 사 들고 집으로 돌아왔다. 처음 보는 거울에 놀란 그의 아내가 남편 몰래 시어머니에게 거울을 보여주며 말했다.

"아범이 큰 마을에 갔다가 여자 하나를 데려왔어요."

며느리가 내미는 거울을 받아 보던 시어머니가 걱정 가득한 목소리로 말했다.

"아이고, 큰일 났다. 어미도 딸을 따라 함께 온 모양이다."

탐욕貪欲과 진에瞋恚와 우치愚癡의 세 가지 악행을 없애고, 해탈하여 열반의 경지로 나아가기 위한 여덟 가지 바른 실천수행의 첫 번째가 바로 정견正見, 즉 바른 견해를 갖는 것이다. 그런데 누구나 불성을 갖추고 있다는 말에 비춰본다면 정견은 없던 것을 새로 갖춰야 하는 것이기보다 정견을 덮고 있는 망견을 걷어내 정견이 드러나게 하는 것이기도 하다.

정견을 갖기 위해서는 기왕에 정견을 덮고 있던 망견도 걷어내야 하지만 드러난 정견이 또다시 망견에 뒤덮이지 않도록 끊임없이 살펴야 한다. 바른 견해 없이는 바른 법을 닦아 행하며 공덕을 쌓는 일도 할 수 없기 때문이다.

편하게 살라 하고, 즐기면서 살라 하고, 기름지고 맛있는 것으로 먹으라 하고, 때깔 좋은 옷으로 입으라는 유혹들이 끊임없이 밀려오는 세상에서 흔들리기 쉬운 것이 우리 마음과 몸이다. 그리고 그렇게 흔들리는 몸과 마음을 바로잡아주는 것이 바른 견해다. 바른 견해를 지킬 수 있어야 불편한 것을 견딜 수 있고, 바른 견해를 잃지 않아야 부족한 것을 참아낼 수 있고, 바른 견해가 있어야 나와 남에게 함께 이로운 삶을 살아낼 수 있다.

사이비似而非는 닮았지만 진짜가 아닌 것을 가리키는 말이다. 껍데기는 가라.* 시대는 흘렀어도 그 선언은 여전히 유효하다.

* 신동엽 시인이 1967년에 발표한 시의 제목

신통한 능력을 가진 사람을
망쳐버린 사람

옛날에 어떤 사람이 산으로 들어가 도를 닦은 끝에 다섯 가지 신통한 능력을 갖게 되었다. 그중에 하나인 천안天眼은 꿰뚫어보는 힘이 있어 땅속에 있는 진귀한 보물까지 알아볼 수 있었다. 왕이 그 소문을 듣고 몹시 기뻐하며 신하들에게 말했다.

"어떻게 하면 그렇게 뛰어난 능력을 가진 사람이 다른 곳에 가지 않고 이 나라에 살면서 내게 진귀한 보물이 끊어지지 않게 할 수 있겠는가?"

어리석은 신하 하나가 왕의 말을 듣자마자 선인의 두 눈을 뽑아 와서 왕에게 말했다.

"신이 그 선인의 두 눈을 뽑아 왔습니다. 이제 그가 다른 곳으로 가지 못하고 이 나라에 살게 될 것입니다."

왕이 신하에게 말했다.

"선인이 이 나라에 살게 되기를 그렇게 바랐건만 네가 땅속에 있는 보물을 알아보는 그의 눈을 이렇게 망쳐버렸으니 이제 그를 어디에 쓰겠느냐?"

세상 사람들이 하는 짓도 이와 같아서 두타행을 하는 수행자들이 산과 들, 무덤 사이나 나무 밑에서 고행을 하며 사념처 수행과 부정관을 닦는 것을 보고 억지로 집으로 데려가 갖가지 공양을 한다. 그러나 그것이 결과적으로는 수행자의 선법을 훼손시키고 수행의 열매를 맺지 못하게 하며 수행자가 획득한 바른 견해와 고행의 소득을 잃어버리게 함으로써 수행으로 얻은 모든 것을 헛되게 만들어버리니 어리석은 신하가 선인의 두 눈을 훼손해버린 것과 같다.

덤불은 틈이 없이 빼곡하게 자란다. 그래서 별로 쓸모가 없다. 어디라고 경쟁하지 않는 삶의 터가 있을까마는 숲에서는 저마다의 자리가 있고 서로가 지켜야 할 거리가 있다. 경쟁하되 침범하지 않아야 서로의 성장에 보탬이 되기 때문이다. 서로가 큰 나무로 자라 숲이 되는 첫 번째 조건은 그렇게 자신의 자리를 지키면서 다른 사람의 자리를 침범하지 않는 것이다. 덤불이라고 그런 법칙이 통용되지 않는 것은 아니다. 그러나 빽빽하다는 것은 곧 크게 자랄 수 없는 것을 뜻하기도 한다.

따르는 사람이 많은 것에 취해버리는 사람이나 큰 사람을 닮기보다 가까이 지내는 것을 더 자랑으로 아는 사람 모두 그 자신이 큰 사람이 될 수 없는 것은 차치하고 그나마 자신이 이룬 크기도 지켜낼 수 없는 사람으로 전락하고 만다.

배움이란 누군가 한 사람의 부러운 삶을 닮기 위한 것이며 자신의 배움으로 인해 어느 누구에게도 해로움이 생기지 않게 하는 것이다. 몸의 거리가 얼마나 가까운지 남에게 과시하는 것 같은 친밀은 결국 서로의 성장을 방해하는 해악의 근거가 되어버린다.

제자 번지가 지혜에 대해 묻자 공자가 말했다. "사람으로서 올바른 도리에 힘쓰고, 귀신을 공경하되 멀리할 줄 안다면 지혜롭다고 할 수 있다." '공경하되 가까이하지 않는다'는 말은 그렇게 세상에 얼굴을 내밀었다.

분간할 수 없게 섞이기보다 알맞은 거리에서 어울릴 줄 알아야 하고, 몸으로 가깝게 지내기보다 마음으로 더 가까울 수 있어야 하며, 받들어 모시되 굽실거리지 않을 줄도 알아야 한다. '공경하면서도 멀리해야 할 것'이 어찌 귀신의 일이기만 하겠는가!

소 떼를 죽인
사람

옛날에 소를 250마리나 기르는 사람이 있었다. 그는 언제나 물과 풀이 풍부한 곳을 찾아다니며 소를 먹였다. 어느 날, 호랑이 한 마리가 나타나 소 한 마리를 잡아먹어버렸다. 주인은 '소 한 마리를 잃어 250이라는 숫자가 무너져버렸는데 나머지 소들로 무엇을 하겠는가'라고 생각하고는 소들을 높은 기슭 사이에 있는 깊은 구덩이로 몰아넣은 뒤 모두 죽여버렸다.

세상의 어리석은 사람들도 이와 같아서 부처님의 계를 받아 지닌 뒤 그 가운데 하나만 깨뜨려도 참회하는 마음을 내 악행의 잘못을 털어내려 하지 않고 거꾸로 '내가 이미 계를 깨뜨려 구족계를 지킬 수 없게 되었는데 어떻게 나머지를 지닐 수 있겠는가'라고 생각하고는 깨끗하게 남아있는 계까지 모두 깨버리는데 그것이 마치 소 떼를 전부 죽여버린 사람의 어리석은 행동과 다르지 않다.

《대승대집지장십론경大乘大集地藏十論經》에서는 계에 대해 이렇게 말하고 있다.

瞻博迦華雖萎悴 첨박가*화수위췌
而尙勝彼諸餘華 이상승피제여화
破戒惡行諸苾蒭 파계악행제필추*
猶勝一切外道衆 유승일체외도중

참파카 꽃이 비록 시들었다고 해도
여전히 다른 꽃들보다 낫고
비구가 악행을 저질러 계를 무너뜨려도
외도의 무리보다 한참 더 낫다

* 첨박가瞻博迦 : 참파카campaka. 무더운 인도에서 자라는 교목으로 잎에는 광택이 흐르고 향기로운 노란색
 꽃이 핀다. 그래서 금색화수金色花樹, 황화수黃花樹 등으로도 의역하며 이 꽃은 부처님의 공덕을 상징한다
 고 여긴다.

* 필추苾蒭 : 출가한 남성 불제자佛弟子인 비구를 가리킨다.

또 마명馬鳴 보살이 쓰고 구마라집이 한역한《대장엄론경大藏嚴論經》에
서도 계를 받는 것에 대해 이렇게 말하고 있다.

如人恥白髮 여인치백발
并剃其黑者 병체기흑자
剃之未久間 체지미구간
白髮尋還生 백발심환생

흰머리를 부끄럽게 여기는 사람이
검은 머리까지 함께 깎아버린다 해도
머리를 깎은 지 얼마 되지 않아서
흰머리는 머지않아 다시 자라난다

계는 받은 전부를 지켜내는 것도 중요하지만 받은 것 중에 몇 개라도 지키는 것 또한 선업의 토대가 되기 때문에 앉아서 받고 서서 깨뜨리는 한이 있더라도 계를 받으면 공덕이 있다고 하는 것인데, 결국 세상에는 계를 받은 사람과 계를 받지 않은 두 종류의 사람이 있게 되는 셈이다.

그렇다면 잊어버릴 것이 두려워 배우기를 시작조차 하지 않는 사람이 없고, 구더기 생길 것이 무서워 사람들이 장 담그는 일을 그만두지 않는 것처럼 어떤 사람이 계를 받고 나서 깨뜨릴 것이 무서워 계 받기를 주저한다면 그는 정직하지도 양심적이지도 용감하지도 지혜롭지도 못한 사람이라고 할 수 있다.

아침에 밥을 먹었어도 다음날 아침이면 다시 밥을 먹어야 하고, 새 옷으로 갈아입고도 며칠 지나면 그 옷을 다시 빨아 입어야 하는 것처럼 수행은 도착점이라는 목표 없이 단지 나아가는 길이고, 수행자는 모름지기 나아갈 뿐 완성을 선언하지 않는 사람이다.

나무로 만든 물통에게
화를 낸 사람

옛날에 한 사람이 길을 가다 목이 마르던 차에 나무통에 맑은 물이 흐르는 것을 보고 물을 마셨다. 물을 맘껏 마시고 난 그는 손을 들어 나무통에게 말했다.

"잘 마셨으니 이제 더 나오지 말거라."

말을 마쳤는데도 물이 계속 흘러나오자 이 사람이 화를 내며 말했다.

"실컷 마셨으니 나오지 말라고 했는데 어째서 나오는 것이냐?"

어떤 사람이 그를 보고 말했다.

"그대는 참으로 어리석구나. 어째서 그대가 가지 않고 물에게 오지 말라고 하는 것인가?"

그러고는 그를 끌어 다른 곳으로 데려갔다.

세간의 사람들이 하는 짓도 이와 같아서 생사에 대한 갈망 때문에 빛깔과 소리와 향기와 맛과 촉감 등 다섯 가지 욕망의 짠물을 실컷 마신다. 그러다가 물을 실컷 마신 사람처럼 다섯 가지 욕망에 대해 싫증이 나면 이렇게 말한다.

"너희 빛깔과 소리와 향기와 맛 등은 이제 필요 없다. 내 눈에 띄지 않게 오지 말아라."

그러나 다섯 가지 욕망은 끊이지 않고 계속되고, 그러면 사람들은 그것을 보고 화를 내며 말한다.

"얼른 사라져라. 다시 나타나지 말라고 했는데 어째서 이렇게 나타나 내 눈에 띄는 것이냐?"

지혜로운 사람이 그것을 보고 말했다.

"다섯 가지 욕망으로부터 멀어지고 싶거든 응당 너의 눈과 귀와 코와 혀와 몸과 뜻 등 여섯 가지 감각기관에서 만들어지는 여섯 가지 욕망적 식識을 거두어야 하고 마음속 생각들을 가라앉혀 망상이 생기지 않게 하면 해탈을 얻을 수 있다. 그런데 어떻게 눈에 보이지 않는 것만으로 그것이 생겨나지 않게 하겠다는 것인가?"

그것은 마치 물을 마신 어리석은 사람과 다를 것이 없다.

'반구저기反求諸己'란 말이 있다. 활을 쏘고 나서 화살이 과녁에 맞지 않았을 때 활을 쏜 자신의 자세를 먼저 살펴보라는 뜻으로 하는 말이다. 시위를 떠난 화살이 과녁을 벗어나버리게 하는 요인과 변수는 사람과 도구와 날씨 같은 여러 가지가 있을 수 있지만 그중에 가장 먼저 살펴봐야 할 것이 바로 활을 쏘는 자신의 상태라야 한다는 것이다.

몸과 마음이 제대로 준비되지 않은 상태에서는 좋은 날씨와 비싼 장비로도 어찌해볼 도리가 없기 때문이다. 수행을 하는 사람에게 있어서도 마찬가지다. 바깥에 있는 것들에게 휘둘리지 않겠다고 수행을 하는 것인데, 바깥에 있는 것들이 도와주지 않아서 수행에 진전이 없다고 말하는 것은 수행에 전력을 쏟지 못한 사람의 핑계라고 밖에 말할 수 없다.

배고프면 밥을 먹고 졸리면 잠자리에 드는 것처럼 물을 마시고 갈증이 사라졌으면 물이 있는 현장을 스스로 떠나면 된다. 그런 기준에서 본다면 산속에서의 삶과 바깥세상에서의 삶이 다른 수행자도 그 수행이 무르익었다고 말하기는 어렵다.

삶이 아무리 어렵고 고달픈 것이라고 해도 두두물물이 부처 아닌 것이 없고 스승 아닌 사람이 없다고까지 하는 세상에 어떻게 몸과 마음 편안하게 살 수 있는 고요한 땅이 없을 수 있겠는가. 문제는 세상에 있는 것이 아니다. 그렇게 보는 '나'의 문제적 안목이 있을 뿐이다.

쌀을 진흙에 섞어
벽에 바른 사람

옛날에 어떤 사람이 다른 사람의 집에 가서 벽에 칠이 잘 되어 있는 것을 보고 물었다.

"무엇으로 발라서 이렇게 보기가 좋습니까?"

"쌀겨를 찬물에 담가 부드럽게 한 다음에 진흙과 섞어 발랐더니 이렇게 잘 발라졌습니다."

어리석은 사람은 주인이 하는 말을 듣고 나서 '겨 대신 쌀을 섞어 바른다면 더 하얗고 깨끗하게 벽을 바를 수 있겠지'라고 생각하고는 쌀을 진흙에 섞어 벽에 바르고 더 고르게 되기를 바랐으나 칠이 울퉁불퉁 갈라지고 터져서 아무런 이익 없이 쌀만 버린 꼴이 되어 차라리 보시를 해서 공덕을 쌓은 것보다 못하게 되어버렸다.

세상 사람들이 하는 짓도 이와 같아서 몸을 닦고 선업을 쌓아야 죽은 다음에 천상에 태어날 수 있고 해탈할 수 있다는 성인의 말씀을 듣고 스스로 자기 몸을 죽여 하늘에 태어나고 해탈할 수 있기를 바라지만 헛되게 자기 목숨만 잃을 뿐 아무것도 얻는 것이 없는 꼴이 되어버리는 것처럼 쌀을 진흙에 섞어 벽에 바르는 것도 어리석은 행동이기는 다를 것이 없다.

문화는 한 사회의 구성원들에게 습득되고 공유되고 전달되는 물질적·정신적 소득을 통틀어 가리키는 것이라고 사전에서는 설명한다. 말 그대로 문화란 전례를 따르는 것이지만 그렇다고 전례에 묶이지는 않는다.

문화는 변화·발전하는 것을 특성으로 하는데, 전례에 발목이 묶인다면 한 걸음도 앞으로 나아갈 수 없기 때문이다. 그렇다고 변화와 발전을 위한다는 명분으로 전례를 무시해버릴 수도 없다. 전례야말로 문화를 이루는 바탕이기 때문이다. 그래서 온고지신溫故知新이란 말도 생겨났고 더하여 법고창신法古創新이란 말도 나왔다. 모두가 옛것의 바탕 위에 새것의 영역을 확장시켜나가는 것을 의미하는 말이다. 전례에 묶이면 변화나 발전을 모색할 수 없고, 전례를 무시해버리면 자기가 선 바탕이 무너져버린다.

세상에는 재주 가진 사람도 많고 남보다 많은 욕심 때문에 성공하는 사람도 있다. 그러나 제어되지 않는 재주와 욕심은 번번이 자신을 해치는 독이 되고 만다. 생산량을 늘리는 농약과 비료가 땅과 사람을 해치고, 한 사람의 이득을 늘리는 속임수가 여러 사람의 몸과 마음을 상하게 하는데, 과도하고 신속한 잇속들의 공통점은 어느 것이든 한때를 넘을 수 없다는 것이다.

세월호의 상처가 너무도 깊다. 그러나 아직도 이 나라의 위정자들은 그 행동이 말을 따라가지 못하고 있다. 말로는 뼛속까지 바꿔야 한다고 하면서도 그들은 여전히 겉모습조차도 바꾸려고 하지 않는다. 몸에 익은 대로만 살고 있는 것이다.

뒤집어엎는 것만이 능사는 아니다. 그러나 옛것만 지킨다면 오늘을 사는 우리 삶이 나아질 길은 없다. 종교도 마찬가지다. 금과옥조와 같은 가르침의 말씀들도 이 시대를 사는 사람들의 삶을 바탕으로 해석되고 실천되어야 한다. 한 사람의 삶을 위해 민중의 삶이 피폐해져서야 어찌 그것을 종교라 하고 종교인의 삶이라고 말할 수 있을 것인가.

머리에 머리카락이 없어
고민한 사람

옛날에 어떤 사람이 머리에 머리카락이 없어서 겨울에는 춥고 여름에는 더운 고통을 겪어야 했다. 뿐만 아니라 모기와 벌레에 물려 밤낮으로 편안할 수가 없어 여간 고민이 아니었다. 그때 여러 가지 처방을 가진 의사가 있다는 소문을 듣고 대머리가 의사를 찾아가 말했다.

"선생님께서 제 머리를 좀 치료해주십시오."

의사가 쓰고 있던 모자를 벗어 머리카락이 하나도 없는 자기 머리를 보여주며 말했다.

"나도 머리카락이 없어서 이만저만한 고통을 받는 게 아니라오. 만약 내가 이 병을 치료할 의술을 갖고 있다면 마땅히 나를 먼저 치료해서 내 고민을 없앨 것이오."

세상 사람들이 하는 짓도 이와 같아서 생로병사의 고통을 겪지 않고 오래 살 수 있는 곳을 찾으려고 하다가 사문과 바라문이 세간의 의사라 여러 가지 고통을 치료할 수 있다는 소문을 듣고 그들을 찾아가 말한다.

"제가 겪고 있는 생사의 고통을 없애 오래오래 편안하고 즐겁게 살 수 있게 해주십시오."

그 말을 들은 바라문들은 이렇게 대답한다.

"나 역시 덧없는 생로병사의 고통을 겪으면서 가는 곳마다 안락하고 오래 사는 곳이 있는지 찾아보지만 끝내 찾아내지 못했소. 지금 그대가 내게 바라는 것을 내가 갖고 있다면 나는 마땅히 나를 먼저 구한 다음에 그대가 그것을 얻게 할 거요."

세상 사람들이 하는 짓이 마치 머리카락이 없어서 고통을 받으며 헛되게 힘을 들여 고초를 겪으면서도 치료법을 찾아내지 못하는 것과 같다.

돈을 버는 확실한 방법 두 가지가 있다는 말을 많이 듣는다. 바로 머리숱을 늘리는 약과 살 빠지는 약을 개발하는 것이다. 그러나 확실하게 돈을 벌 수 있다는 말은 기실 거의 할 수 없는 일이란 말과 다르지 않다고 해도 지나치지 않는다. '거의'라고 하여 단정 짓지 못하는 까닭은 죽지 않는 약을 개발하는 것보다는 그래도 가능성이 높다고 보기 때문이다.

답은 '왜?'라는 의문으로부터 시작된다. 그리고 그 의문은 다른 사람 아닌 자기 자신으로부터 비롯된다.

얻지 못했을 때 다른 사람에게 답을 가르쳐줄 수 없는 것처럼 내가 나쁜 버릇을 가진 채 다른 사람의 나쁜 버릇을 고쳐줄 수는 없는 일이다.

불화는 자신의 큰 문제를 보지 못한 채 다른 사람의 작은 문제를 간섭하려고 할 때 생겨난다. 그렇다고 나쁜 버릇을 가진 사람이 다른 사람의 나쁜 버릇에 대해 말까지 못 한다는 뜻은 아니다. 다만 고쳐줄 수 있는 힘의 세기가 현저하게 약해질 수밖에 없는 것을 말할 뿐이다.

남을 고칠 수 있으려면 먼저 자기 자신을 고칠 수 있어야 하고, 남의 문제를 지적하기 앞서 자신에게 비슷한 문제가 있지는 않은지 살펴볼 수 있어야 나를 고치고 더하여 다른 사람까지 바람직한 모습으로 고칠 수 있다.

당태종은 위징魏徵이 죽고 난 뒤에 눈물을 흘리면서 말했다. "사람으로 거울을 삼으면 득실을 확실하게 알 수 있는데, 위징이 죽었으니 짐은 거울 하나를 잃어버린 것이로다." 내가 만나는 사람을 보면 내가 보인다.

함께 써야 할 것을
혼자 가지려고 다툰 귀신

옛날에 비사사*라는 두 귀신이 상자 하나와 지팡이 하나, 그리고 신발 한 켤레를 함께 갖고 있었다. 그런데 둘은 그것을 자기가 갖고 싶어 서로 다투었다. 이때 한 사람이 와서 그것을 보고 물었다.

"상자와 지팡이, 그리고 신발에게 무슨 신기한 능력이 있기에 둘이 화를 내며 다투는가?"

두 귀신이 대답했다.

"옷과 음식, 침대와 이불, 침구 등 생활에 쓰이는 온갖 것들이 이 상자에서 나오고, 이 지팡이를 갖고 있으면 모든 원수와 적들이 와서 항복해서 감히 다투려고 하는 자가 없으며, 이 신발을 신으면 아무것도 걸릴 것 없이 하늘을 날 수 있기 때문이오."

---

* 비사사毘舍闍 : 비사차毘舍遮, Pisaca. 부처님의 깨달음을 방해하러 불러온 마왕의 군대魔軍에 속하며 사람을 잡아먹고 피를 먹는 귀신을 뜻한다.

설명을 들은 사람이 비사사 귀신에게 말했다.

"조금만 물러나 보시오. 내가 그대들에게 공평하게 나눠주겠소."

비사사 귀신이 잠시 물러나자 그 사람이 곧 상자와 지팡이를 들고 신발을 신더니 날아가 버렸다. 깜짝 놀라 어쩔 줄 몰라 하는 비사사 귀신에게 날아가던 사람이 말했다.

"그대들이 다투는 것을 보고 내가 이것들을 가져가니 이제 그대들은 다툴 일이 없다."

비사사는 외도를 귀신으로 비유하여 말한 것이다. 상자는 보시布施와 같아서 인천人天의 오도*중생五道衆生들이 쓰는 것이 모두 여기에서 나오고, 지팡이는 선정禪定과 같아서 온갖 마귀와 원망, 번뇌 등의 적을 없애고, 신발은 지계持戒와 같아서 사람과 천인으로 오르게 한다. 마귀들과 외도들이 상자를 놓고 다투는 것은 온갖 번뇌에 오염된 채 억지로 과보를 구하지만 아무런 소득이 없는 것을 비유적으로 말한 것이다. 만약 (어떤 사람이) 보시와 지계와 선정으로 선행을 갈고 닦는다면 괴로움을 떠나 열반의 경지를 획득하게 될 것이다.

---

* 오도五道 : 업을 지으면 가게 되는 천·인·지옥·아귀·축생의 다섯 세상이다.

다툼이 자신의 번뇌와 집착 등과 관련되어 일어나는 것을 아는 사람은 처음부터 다툼이 일어날 일을 하지 않는다. 그러나 대개는 다툼을 벌이는 동안 그런 줄을 까마득히 모르거나 안다고 해도 시기가 늦어 다툼을 벌인 것을 후회하는 경우가 많다.

불법을 배워 연기緣起의 도리를 아는 사람은 다툼을 벌인 끝에 혼자서 얻게 될 이득을 생각하는 보통 사람들과 달리 다툼이 몰고 올 바람직하지 않은 부작용들을 먼저 살필 줄 알고 다툼을 피해 함께 얻을 수 있는 이득에 따라 행동할 줄 안다.

불법에서 말하는 승리는 남보다 먼저 도달하는 것이 아닐 뿐만 아니라 다른 사람들을 딛고 그 위에 서는 것을 말하는 것도 아니다. 상대를 이겨 얻는 것은 불법에서 말하는 '승리'나 '획득'이 아니다. 불법에서는 이길 것이 자기 바깥에 있다고 말하지 않는다. 불법에서 가장 중요하게 보는 것은 다름아닌 바로 자기 마음에게 항복을 받아내는 일이기 때문이다.

불도佛道
-
진리의 방식

"관점에 따라 얼마든지 달라질 수 있는 문제인데도
우리는 곧잘 각자가 처한 배경에 따라 다른 자세를 취하곤 한다.
그러나 바람직하기로는 어느 자리에 서더라도 딱딱해지지 않는 것이다."

귀한 모포로 죽은 낙타의 가죽을 덮어
못쓰게 만들어버린 사람

어떤 장사꾼이 장사를 하러 돌아다니는 도중에 낙타가 느닷없이 죽어 버렸다. 낙타 등에는 진귀한 보석과 고급 모포를 비롯하여 여러 가지 물건들이 함께 실려 있었다. 주인은 죽은 낙타의 가죽을 벗긴 뒤 동행하던 도제 두 사람에게 말했다.

"낙타 가죽이 젖어서 썩지 않게 잘 관리하거라."

그런 뒤에 비가 내리자 두 사람은 어리석게도 귀한 모포로 가죽을 덮어 모포가 모두 못쓰게 되어버렸다. 가죽과 모포의 가격 차이가 많이 나는데도 사람이 어리석어 귀한 모포로 낙타 가죽을 덮은 것이었다.

세상 사람들도 이와 같다. 살아 있는 목숨을 죽이지 않는 것은 모포에 비유할 수 있고, 낙타 가죽은 재화에 비유할 수 있으며, 비가 내려 모포를 못 쓰게 만들어버린 것은 방일하여 선행을 망쳐버리는 것에 비유할 수 있다.

살생하지 않는 계율은 부처의 법신을 얻는 절묘한 선행인데, 계율의 실천을 통해 선행을 쌓으려 하기 보다는 그저 재화로 탑과 절을 세우고 수행자를 공양하는 등 근본을 저버리고 지엽적인 것을 취함으로써 근본적인 수행을 포기한 채 인천人天 등 다섯 가지 길을 윤회하며 스스로 생사의 길에서 벗어날 수 없게 된다. 그러므로 수행자는 마땅히 절절한 마음으로 불살생의 계율을 지녀야 한다.

　노래도 부르는 사람의 마음에 따라 감동의 크기가 달라진다. 노래를 부르는 사람이 다를 때도 듣는 감동의 크기가 달라지지만 같은 사람이 같은 노래를 부를 때도 어떤 마음으로 부르는가에 따라 노래를 듣는 사람에게 전달되는 감동의 종류나 크기가 달라지게 마련이다. 그것은 노래를 부르는 사람의 이름이나 재능, 또는 노래를 부르는 기교 등으로 설명할 수 있는 이야기가 아니다.

　지방자치선거가 끝난 뒤, 한 재선 시장이 TV에 출연하여 당선 비결을 묻는 사회자에게 "공적으로 쓰라고 부여된 힘을 사적인 이익을 위해 쓰지 않겠다는 다짐을 잘 지킨 덕분입니다."라고 답했다.

살생의 범위를 어디까지로 볼 것인가 하는 불교계 논란은 앞으로도 결코 그치지 않을 것이다. 그러나 정작 중요한 것은 허용되는 살생의 범위를 어디까지로 볼 것인가 하는 문제가 아니다. 목숨을 가진 모든 생명체는 다른 생명체를 먹어야 자신의 목숨을 유지할 수 있는 모순적 삶을 살 수밖에 없다. 그럴 때 중요한 것은 필요 이상의 먹을 것을 구하기 위해 도를 넘는 살생을 범하지 않는 것이고, 자신의 삶을 위해 타자의 삶의 가치를 경시하거나 무시하는 태도를 갖지 않는 것이며, 오히려 자신의 삶을 위해 목숨을 잃어야 하는 타자에 대한 감사와 연민의 마음을 잃지 않는 것이다.

계는 율律과 달리 어겼을 때 견책이 따르지 않는다. 계는 그만큼 자율적 의지와 실천을 통해 이뤄지는 불교 수행의 근본이다. 처벌 받지 않는다고 해서 함부로 어길 수 없는 까닭이 여기에 있다. 내가 살기 위해 너의 목숨을 취해야 하는 비정한 삶의 순환 체계 속에서 나도 언젠가 너의 생존을 위한 먹이가 될 가능성을 부정하지 않는 것이야말로 불살생의 계율이 우리에게 주는 역설적 가르침일 수도 있다는 것을 생각하면 살아 있는 목숨을 취하면서 어떻게 절절한 감사와 연민의 마음을 갖지 않을 수 있을 것인가!

큰 돌을 갈아
작은 장난감 소를 만드는 사람

옛날에 어떤 사람이 많은 시간을 들여 큰 돌을 갈아서 조그마한 장난감 소 한 마리를 만들었다. 들인 공과 시간은 매우 많았으나 기대한 것에 비해 결과물은 하찮았다.

세상 사람들도 이와 같다. 큰 돌을 가는 것은 오랜 시간 부지런히 힘들게 배우는 것을 말하고, 작은 장난감 소를 만드는 것은 명성을 바라며 서로를 공격하는 것을 비유한 것이다. 배우는 사람은 깊은 이치를 연구하고 사색하며 널리 알고 깊이 이해한 것을 실천함으로써 멀리 보고 뛰어난 열매를 얻으려고 해야 한다. 그런데 눈앞에 있는 이름이나 구하다 보면 교만해져서 결국에는 허물과 우환만 키우게 된다.

법달法達이란 수행자가 육조六祖를 찾아뵙고 절을 올렸다. 법달이 절을 할 때 이마를 바닥에 대지 않는 것을 본 육조는 한눈에 법달의 마음 상태를 알아보고 물었다.

"어떤 공부를 해왔는가?"

"지금까지 《법화경》을 삼천 번 읽었습니다."

적게 잡아도 십 년의 공력은 들인 셈이었다.

법달의 아만我慢을 알아본 육조가 게송을 읊었다.

禮本折慢幢 예본절만당

頭奚不至地 두해부지지

有我罪卽生 유아죄즉생

亡功福無比 망공복무비

예란 본시 아만을 꺾는 것인데

어찌하여 머리를 땅에 대지 않느뇨

'나'가 있다고 하면 곧 죄가 생겨나느니

무너진 공으로 복을 어디에 견주겠는가

십 년 공부가 무너지는 소리를 들은 법달이 참회의 눈물을 흘리다가
문득 얻게 된 것이 있어 게송을 읊었다.

經誦三千部 경송삼천부
曹溪一句亡 조계일구망
未明出世旨 미명출세지
寧歇累生狂 영헐누생광

경전을 삼천 번이나 읽은 것들이
조계의 한 말씀에 무너졌구나
부처가 세상에 온 뜻 알아내지 못한다면
누겁累劫의 미친 짓을 어찌 그칠 것인가

십 년의 공부가 문제가 아니다. 불교의 근본토대인 무상無常과 무아無我를 바르게 이해하지 못한다면 천 번 만 번 거듭되는 생을 살아도 미친 짓을 하며 사는 삶을 멈출 수 없다.

불가에 '하심下心'이란 말이 회자되는 까닭은 그것만큼 수행에 중요한 게 없고 그것만큼 수행을 방해하는 게 없기 때문이다. 자신보다 잘난 사람 없다는 생각이 '교만'을 만들어내는 것이라면 자신보다 못난 사람이 없다는 생각이 '교만'을 잠재우는 방편일 수 있겠다. 스스로 보살이라고 생각하고 살아가면 범부가 되고, 범부라는 생각으로 살아가면 보살이 되는 이치가 그 속에 있을지도 모르니까.

부침개 반 장으로
배부를 수 있다고 생각한 사람

몹시 배가 고픈 어떤 사람이 한 입에 부침개 일곱 장을 먹으려다가 여섯 장 반을 먹었을 때 문득 배가 부른 것을 느끼고 후회가 들어 자신의 손으로 머리를 치며 말했다.

"내가 지금 배가 부른 것은 금방 먹은 반 장의 부침개 때문인데 앞에 먹은 부침개 여섯 장은 공연히 낭비한 셈이다. 만약 부침개 반 장에 배가 부를 것을 알았다면 마땅히 그것을 먼저 먹었을 것이다."

세상 사람들도 이와 같다. 본래부터 즐거움이란 없는 것인데 사람들이 어리석고 잘못된 생각으로 끊임없이 즐거운 생각을 만들어내며 앞에 본 어리석은 사람처럼 부침개 반 장이 배부름을 만들어낸다고 생각을 한다. 사람들은 무지하여 부귀를 즐거움으로 여긴다. 무릇 부귀란 그것을 구할 때 괴롭고, 얻고 나서는 지키기에 괴롭고, 잃은 뒤에는 걱정을 하면서 또 괴로워하는 것이라 구할 때나 얻었을 때나 잃었을 때 모두 즐거움이 없다.

그것은 마치 옷과 밥이 추위를 막아주고 허기를 물리쳐줘서 즐거운 것이라는 허울뿐인 이름에 가려 그것을 구하느라 괴로운 중에서도 끊임없이 즐겁다는 생각을 만들어내는 것과 같다.

(그래서) 모든 부처님께서 말씀하셨다. "세상 어디에도 편안함과 즐거움은 없다. 모두가 크나큰 괴로움이다." (그런데도) 범부들은 어리석고 잘못된 생각으로 끊임없이 즐거움이라는 생각을 만들어낸다.

'벼락공부'라는 말이 있다. 평소에는 놀기만 하다가 시험날에 닥쳐서야 급하게 하는 공부를 가리키는 말이다. 효과가 아주 없지는 않지만 그런 공부가 실력으로 유지될 리 만무하다. 무술인의 내공은 오랜 수련을 통해 강해지고, 학인의 실력은 꾸준한 배움의 축적을 통해 튼실해지기 때문이다. 수행인의 수행의 깊이도 마찬가지다. 샘에서 맑은 물을 얻고 싶은 사람처럼 날마다 물을 길어 올려야 하고, 바다를 향해 흘러가는 강물처럼 하루라도 머무는 날 없이 흘러가야 한다.

먹는 것을 즐거움이라고 생각하는 사람들이 잊어버린 게 있다. 먹을 동안의 즐거움을 얻기 위해 먹을 것을 구하느라 겪어야 하는 괴로움이다. 입는 것을 즐거움으로 여기는 사람들도 생각 못한 것이 있다.

입고 있는 동안의 즐거움을 얻기 위해 입을 것을 구하느라 겪어야 하는 괴로움이다. 그러나 즐거움도 괴로움도 실제로는 존재하지 않는 것이다. 이름과 그 이름에 가려 제대로 된 세상을 보지 못하는 우리의 어리석음이 있을 뿐이다.

인과因果에 대해 알게 되면 가볍고 여유로운 삶의 길이 보인다. 욕심이 커지면 그만큼 삶이 힘들어진다는 것을 빼고 나면 그 안에 무슨 대단한 이치가 숨어 있는 것도 아니다.

사람은 돈 때문에 죽고, 새는 모이 때문에 죽는다(인위재사 조위식망 人爲財死 鳥爲食亡). 아무리 높은 자리에 오르고 아무리 많은 돈을 갖게 되더라도 사람은 결국 자기 키보다 조금 큰 관 하나와 함께 땅에 묻힌다.

손에 든 것 하나를 내려놓으면 그만큼 내 몸이 가벼워지고, 생각 하나를 지우면 그만큼 내 마음이 가벼워진다. 세상을 농락하는 것 같아 보여도 허겁지겁 도망치다 죽는 것이 또한 사람이다. 가볍고 자유로운 삶을 바란다면 몸과 마음에 찐 살을 뺄 것, 요즘 세태에 맞춰 바꿔본 부처님의 말씀이다.

지키라는 재물 대신
대문만 지킨 하인

옛날에 어떤 사람이 먼 길을 나서면서 하인을 불러 일렀다.

"문을 잘 지켜야 한다. 나귀와 밧줄도 잘 살피고..."

주인이 집을 나선 뒤 이웃 마을에서 연주회가 벌어지고 있었는데, 마음이 온통 그곳에 가 있던 하인은 밧줄로 대문을 묶어 나귀 위에 올려놓고 노랫소리를 들으러 갔다. 그런데 하인이 집을 나선 뒤 도적이 들어 집에 있던 재물을 모두 가져가버렸다. 주인이 돌아와 하인에게 물었다.

"재물을 어디 두었느냐?"

하인이 말했다.

"주인님께서 가시면서 제게 대문과 나귀와 밧줄을 잘 지키라고 하셔서 그것 말고는 쇤네가 알지 못합니다."

주인이 말했다.

"너에게 문을 지키라고 한 것은 재물 때문이었는데 재물을 모두 잃어버렸으니 대문이 무슨 소용이겠느냐?"

생과 사의 경계를 윤회하는 어리석은 사람과 애욕에 탐착하는 사람들도 이와 같다. 여래께서는 언제나 여러 가지 번뇌를 일으키는 여섯 가지 감각의 문을 잘 지키고 여섯 가지 경계라는 도적이 들지 못하게 하며 무명이라는 나귀를 지키고 애착이라는 밧줄을 살피라고 가르치셨다. 그런데 비구들은 부처님의 가르침을 받들지 않고 재물을 탐하면서도 청렴을 가장하고 고요한 곳에 앉아서도 실은 마음이 내달아 다섯 가지 욕망에 연연해하며 빛깔과 소리와 냄새와 맛에 홀리고 만다. (그리하여) 마음은 번뇌에 휘말리고 몸은 애착의 밧줄에 얽매여 흩어진 마음을 바로잡는 정념과 보리심을 구하는 각의覺意와 열반에 이르게 하는 수행의 방편이라는 재물들을 모두 잃어버린다.

전지全知하고 전능全能하며 전선全善까지를 합한 것보다 더한 존재가 있다. 바로 무오無誤 즉 어떠한 잘못도 없는 존재다. '티 있는 옥'이 옥의 본질에 더 가깝다고 생각하는 나는 그 넷 중에 어떤 것도 믿지 않는다.

지문이 다른 것처럼 사람은 저마다 독특하다. 사람은 잘하는 것과 못하는 것이 서로 다르다. 남보다 좋은 점을 많이 가진 사람이 있는가 하면 나쁜 것보다 좋은 것을 더 많이 가진 사람도 있다. 부처는 이를테면 보통사람보다 훨씬 많은 장점을 가진 사람이고, 그런 만큼 다른 사람에게 어찌어찌 하는 것이 좋다거나 나쁘다고 말해줄 수 있는 사람이라고 할 수 있다.

누군가의 가르침을 따라 자기가 가진 결점을 장점으로 바꿀 수 있다면 지혜로운 사람이고, 자기가 가진 결점을 자신의 개성이라고 고집하며 바꾸기를 거부하면 어리석은 사람이다. 수행자의 수행은 다른 것이 아니다. 자신에게 모자란 것이 무엇인지 알고 하루하루 자신이 가진 나쁜 버릇과 필요하지만 모자란 것을 바꾸고 채워가는 과정이다. 나쁜 버릇을 고치지 못한다면 나쁜 업을 짓게 되고, 그에 따라 바람직하지 않은 생과 사의 윤회를 거듭하게 된다. 반대로 자기가 가진 나쁜 버릇을 하나하나 좋은 버릇으로 바꾸고, 자기에게 필요하지만 모자란 것들을 조금씩 채워가는 사람은 하는 일 역시 버릇에 따라 좋은 업으로 이어지게 되고, 자신은 물론 다른 사람이 몸과 말과 맘으로 짓는 일들을 분명히 이해하게 되며, 자기 한 사람에게 좋은 일과 좋지 않은 일보다 여러 사람에게 좋은 일과 좋지 않은 일을 알고, 자기가 하고 싶은 일과 하기 싫은 일보다 여럿을 위해 해야 할 일과 하지 말아야 할 일을 분명하게 앎으로써 시비와 다툼이 없는 편안하고 평화로운 삶을 살 수 있게 된다.

불법은 지혜의 법이다. 《반야심경》에서 말하고 있는 것처럼 삼세의 모든 부처님도 반야바라밀에 의지하여 무상정등각을 실현하셨다. 육근을 잘 간수하지 못하면서 부처가 될 수 있는 길은 없다. 부처와 중생은 육근을 잘 간수하는 것에서부터 갈리게 되는 것이다.

소를 훔쳐 먹은
사람

어떤 마을 사람들이 다른 마을의 소를 함께 훔쳐 잡아먹었다. 소를 잃어버린 사람이 소의 자취를 따라 마을로 들어와서 한 사람에게 물었다.

"소가 이 마을에 있습니까?"

소를 훔친 사람이 말했다.

"우리는 사실 마을이 없습니다."

소를 잃은 사람이 다시 물었다.

"이 마을에 연못이 있고 그 연못에서 함께 소를 먹지 않았나요?"

마을 사람이 말했다.

"연못이 없는데요."

소를 잃은 사람이 또 물었다.

"연못 옆에 나무가 있지요?"

마을 사람이 말했다.

"나무가 없습니다."

소를 잃은 사람이 물었다.

"당신들이 소를 훔칠 때가 한낮이었지요?"

"한낮이 없습니다."

소를 잃은 사람이 말했다.

"마을이 없을 수도 있고 나무가 없을 수도 있지만 세상에 어떻게 동쪽이 없고 시간이 없을 수가 있습니까? 당신이 거짓말을 하는 것을 알았으니 믿을 수가 없습니다. 당신들이 소를 훔쳐 잡아먹었지요?"

마을 사람이 말했다.

"사실은 소를 잡아먹었습니다."

계율을 범한 사람도 이와 같아서 죄와 허물을 감춘 채 드러내려고 하지 않다가 죽은 뒤에 지옥으로 떨어지게 된다. 제천과 선신들이 천안으로 살펴보기 때문에 감추고 숨길 수가 없게 되어 소를 훔쳐 잡아먹은 사람들처럼 거짓말을 하면서 발뺌할 수가 없게 되는 것이다.

거짓말을 하는 것도 잘못이지만 사실 그것보다 더 큰 잘못은 거짓말 뒤에 가려진 사실에 대해 뉘우치는 마음을 갖지 않는 것이다. 잘하는 것과 잘못하는 것의 경계가 어느 한 점에서 확실하게 갈리는 것은 아니다.

잘못을 저지른 뒤에라도 언제든지 잘하는 쪽으로 돌아설 기회가 있고, 그 기회는 잘못한 것에 대해 뉘우치는 마음을 내는 바로 그 순간에 생겨나는 것이기 때문이다.

거짓말로 사실을 가리려고 할수록 더 큰 거짓말을 만들어내야 하는 것이 거짓말의 법칙이다. 하늘이 알고 땅이 알고 내가 알고 네가 아는 사실을 감추기가 쉽지 않고, 시간이 흐를수록 더 큰 거짓으로 지금까지의 거짓을 막아야 할 필요성이 생겨나기 때문이다. '잠깐 동안 많은 사람을 속일 수도 있고, 한 사람을 오랫동안 속일 수도 있겠지만, 모든 사람을 영원히 속일 수는 없다'는 말은 그래서 모든 거짓된 것에 대한 불변의 진리다.

거짓을 밝히는 데 좋은 때는 따로 존재하지 않는다. '사실을 말해야 하지 않을까'라고 고민될 때가 바로 그때이고, 그때가 지고 있는 거짓의 무게가 가장 가벼운 때이기 때문이다.

원앙새 소리를 내며
꽃을 훔친 사람

옛날 어떤 나라에 명절이나 경사스러운 날에는 모든 부녀자들이 우발라꽃으로 만든 장식을 몸에 걸치는 풍속이 있었는데 한 가난한 집의 부인이 남편에게 말했다.

"당신이 나를 위해 우발라꽃 장식을 얻어오지 못하면 더 이상 당신의 아내 노릇을 하지 않고 떠날래요."

전부터 원앙새 소리를 잘 내던 남편은 왕의 연못으로 숨어 들어가 원앙새 소리를 내면서 우발라꽃을 훔쳤다. 그때 연못을 지키던 사람이 물었다.

"연못 안에 누구냐?"

가난한 남편이 실수로 대답을 했다.

"저는 원앙새입니다."

연못을 지키는 사람이 그를 붙잡아 왕에게 데려가는 도중에 그가 다시 원앙새 소리를 내자 연못을 지키는 사람이 말했다.

"필요한 아까는 울지 않더니 지금 그런 소리를 낸다고 무슨 소용이 있 겠는가?"

세간의 어리석은 사람들도 이와 같아서 죽을 때까지 생명을 해치며 여러 가지 악업을 짓고 마음을 잘 조절하여 선행을 짓지 않다가 죽을 때가 되어서야 "지금이라도 선행으로 선업을 짓고 싶다."라고 말한다. 그러나 옥졸이 그를 염라대왕 앞으로 데리고 가면 아무리 선업을 닦고 행하고 싶어도 이미 때가 늦어 그럴 수가 없다. 왕의 연못으로 숨어 들어가 원앙새 소리를 낸 어리석은 사람과 다를 것이 없는 것이다.

앨범을 뒤적이던 중에 사진 한 장에 눈이 멎었다. 어느새 십 년이 다 되어가는 어느 봄날, 친구들과 여행지에서 함께 찍은 사진 속에 아내의 모습이 들어 있었다. 젊은 날 아내의 미소는 변함없이 아름답고 눈이 부셨는데, 아내에게서 세월의 흔적을 찾아보기 힘들었다. 한참을 들여다보다가 아내가 입고 있는 옷과 신고 있는 신발 때문일 수도 있겠다는 것을 새삼스럽게 알아차렸다. 아내도 다른 여인들처럼 철마다 입을 옷이 마땅하지 않다는 소리를 입에 달고 산다. 그러면서도 그때로부터 십 년의 세월이 흐른 지금까지 아내는 변함없이 그때 입었던 옷을 입고 그때 신었던 신발을 신고 있다.

남들이 어떤 옷을 입고 있는지를 더 많이 생각하게 만드는 세상에서 내게 어떤 옷이 어울릴 것인지를 생각하기란 쉬운 일이 아니다. 마찬가지로 남들에게 좋아 보이는 일을 해야 한다고 충동질하는 세상에서 내가 잘할 수 있는 일을 해보겠다는 마음을 내기도 쉬운 일은 아니다. 다른 사람들이 모두 한다고 해서 그것이 반드시 옳은 일일 수 없고, 다른 사람들이 많이 입는 옷이 내게도 어울릴 것이라는 보장 또한 없다. 옷이란 무엇보다 때에 어울려야 하고 더불어 입는 내게 잘 맞아야 하는 법이다.

통통한 사람은 통통한 몸에 맞게 살고 마른 사람은 마른 몸에 맞게 살며 여름에도 옷을 껴입어야 하는 사람이 있는가 하면 겨울이라도 옷을 얇게 입는 사람도 있는 법이다.

춥다고 남의 옷을 빼앗을 수 없고, 덥다고 옷을 벗고 살 수 없는 것처럼 지켜야 할 것은 때 맞춰 자신에게 어울리는 옷을 입는 것 하나뿐이다. 삶의 가치와 본질이 어떻게 다른 사람을 따라 달라질 수 있을 것인가!

나뭇가지에
얻어맞은 여우

여우 한 마리가 나무 밑에서 쉬고 있을 때 바람에 부러진 나뭇가지가 여우의 등에 떨어졌다. 여우는 나뭇가지가 떨어진 이유는 생각해보지도 않고 나무 밑을 떠나 하늘이 보이는 곳으로 도망가서 눈을 감은 채 나무가 있는 쪽을 바라보지도 않았다. 해가 질 때가 되어서야 눈을 뜬 여우는 멀리서 바람에 흔들리는 나무를 바라보다가 나무가 자기를 부르는 것이라 생각하고는 자기를 때렸다고 생각한 나무 밑으로 돌아갔다.

어리석은 제자들이 하는 짓도 이와 같다. 출가한 뒤 스승을 만나 배우다가 조금만 꾸중을 들으면 스승의 곁을 떠나버린다. 그런 뒤에 나쁜 친구들을 만나 마음에 근심이 그치지 않다가 결국에는 스승이 있는 곳으로 돌아간다. 이와 같이 오가는 것을 어리석고 미혹된 행위라고 한다.

휴식이 필요한 여우에게 그늘이 큰 나무 밑보다 더 좋은 곳이 없었을 터이다. 그런데도 나뭇가지가 자기 등에 떨어진 이유를 생각해보지도 않고 도망부터 쳤던 여우는 시원한 그늘을 떠나 뙤약볕 아래서 한나절을 보내야 했고, 그렇게 된 데는 느낌에 따라 몸이 시키는 대로 반응했을 뿐만 아니라 나중에도 일어난 일에 대해 바르게 보려는 노력을 하지 않았기 때문이다.

크고 좋은 과일을 얻으려는 농부는 과일나무에 가위질을 하고, 자식을 올곧게 키우려는 부모는 자식에게 질책을 아끼지 않으며, 제자에게 바른 가르침을 전하려는 스승 또한 경책의 매를 손에서 내려놓지 않는다.

"세상에 공짜 점심은 없다."라고 한 경제학자 밀턴 프리드먼의 말처럼 세상에 거저 주어지고 얻어지는 것은 아무것도 없다. 뭔가 바라는 것을 얻기 위해서는 그만한 대가를 치러야 하고, 그것은 배움의 길로 들어선 이에게도 예외가 아니다. 또 매질을 허용하는 세상이라고 해서 가르치는 사람 모두가 나쁜 마음을 먹게 되는 것도 아니고, 매질을 법으로 금하는 세상이라고 해서 가르치는 사람 모두가 스승이 될 수 있는 것도 아니다.

매를 들고 때리는 사람이 매를 맞는 사람보다 더 아픈 것을 거짓이라 할 수 없고, 매를 모르고 배운 사람 모두가 매를 맞고 배운 사람보다 더 잘 배웠다고 말할 수도 없다. 매나 매질이 변수가 아니라 매를 다루고 대하는 사람이 더 큰 변수라는 것을 알아야 한다.

그러니 스승에게 꾸지람을 듣고 매를 맞을 때라도 자기 맘이 상하고 몸이 아픈 것보다 먼저 생각해봐야 할 것이 있다. 어째서 자기가 욕을 먹고 매를 맞게 되었는지, 그리고 스승이 무슨 마음으로 자기를 나무라고 매를 들어 때렸는지에 대해.

스승과 제자 사이에서 질책이나 매가 부작용을 일으키는 때는 제자를 아끼는 마음보다 스승의 분노가 더 커졌을 때와 스승에 대한 존경심보다 자신을 아파하는 제자의 마음이 더 컸을 때 두 가지 경우 밖에 없다.

털을 갖고 다툰
아이와 선인

옛날에 어린아이 둘이서 강물에 들어가 놀다가 강바닥에서 털 한 움큼을 찾았다. 한 아이가 말했다.

"이것은 선인의 수염이다."

다른 아이가 말했다.

"이것은 곰의 털이다."

그때 강 주변에 한 선인이 살고 있었는데 언쟁을 벌이던 두 아이는 선인에게 가서 누구 말이 맞는지 물어보았다. 아이들의 말을 듣고 난 선인이 쌀과 깨를 입 속에 넣고 씹다가 손바닥에 뱉은 뒤 아이들에게 말했다.

"내 손바닥에 있는 것은 공작의 똥을 닮았다."

선인의 말이 아이들이 물어본 것에 대한 바른 대답이 아니라는 것을 사람들은 모두 알고 있었다.

세간의 어리석은 이들이 설법을 할 때 쓸데없는 말들은 많이 하면서 부처님의 바른 가르침에 대해서는 말해주지 않는 것도 아이들의 물음에 바르게 대답해주지 않은 선인과 다를 것이 없어서 사람들에게 비웃음을 사고 만다.

선인이 쌀과 깨를 입에 넣고 씹다가 손바닥에 뱉은 뒤에 했던 말은 아마도 '너희가 물어본 털은 선인의 수염도 곰의 털도 아니다'라는 뜻으로 한 것이겠지만 그것은 아이들의 눈높이에 맞춘 친절한 비유도 아니고 비유 속에 사태를 꿰뚫는 진실이 들어 있는 것도 아니었다.

세속 사람들은 대체로 흑백으로 분명히 나뉘는 대답을 바란다. 하지만 바른 법을 전하는 이로서 확실하게 지켜야 할 것은 사물과 사태를 이분법적으로 설명하는 것이 바르지 않다는 인식의 중심에 서는 것이고, 그런 바탕에서 사람들의 의문을 풀어주는 지혜의 힘을 기르는 것이다.

그러나 그것은 세속의 보통 사람보다 책 몇 권 더 읽어서 되는 것이 아니고, 세속에서 배우고 익힌 것들을 버리지 않은 채 이룰 수 있는 것도 아니다. 세속을 떠나야 한다는 말이나 세속으로 들어가야 한다는 말 모두 그 말의 표피적 의미에 묶여서는 더더구나 될 수 있는 일이 아니다.

"어쩌라고?" 소리가 나올 수도 있겠지만 그럴 때 기준으로 삼아야 할 것이 바로 '세상 사람들에게 이로운 만큼 나 자신에게도 이로울 수 있는가'라는 물음과 '자신의 수행에 방해가 되지 않는가'라는 질문에 긍정적인 답을 얻는 것이다.

시대가 달라지고 사람들이 달라졌다. 가르침이 뛰어나다고 자랑하기보다 뛰어나게 바꿔주는 가르침이라는 것을 증명해내는 이들이 많아져야 한다. 이 세상 어떤 것도 변화하지 않는 것이 없는데, 뛰어난 가르침이라고 해서 어찌 예외가 될 수 있을 것인가!

환자를 치료하다가 두 눈을
튀어나오게 한 의사

어떤 사람이 갑자기 등이 굽는 병을 앓게 되자 의사에게 치료를 청했다. 의사가 환자의 몸에 소젖을 바른 뒤 나무 판 사이에 몸을 끼우고 힘껏 누르자 순식간에 환자의 두 눈이 밖으로 튀어나와버렸다.

세속의 어리석은 이들이 하는 짓도 이와 같아서 복업을 닦거나 장사를 한다고 하면서 온갖 부정한 방법을 사용한다. 그러나 그렇게 하면 설사 바라던 일이 이루어진다고 해도 얻은 것이 잃은 것만 못하여 결국에는 지옥에 떨어지고 마는데 그것이 마치 치료를 한답시고 두 눈이 튀어나오게 하는 것과 다르지 않다.

되만큼 배우고도 말만큼 풀어 쓰는 사람이 있고, 말만큼 배우고도 되만큼도 못 꺼내 쓰는 사람이 있는 것처럼 같은 선생에게서 같은 것을 배웠다 하더라도 배운 것을 삶에 적용하는 방식은 사람에 따라 천태만상으로 달라지는 법이다.

그래서 제도보다 운용하는 사람이 더 중요하다고 하는 것이고, 배운 것보다 배운 것 따라 살아가는 것이 훨씬 더 중요하다고 하는 것이다.

이 세상 어떤 것이든 밥벌이 수단이 되는 순간 본래 가진 가치의 빛을 잃는다. 배운 것을 배운 대로 풀어내 살지 못하는 것도 악업을 쌓는 일일 것인데, 배운 것 없이 배운 사람 흉내나 내면서 살아가는 것에 대해 무슨 할 말이 있겠는가!

다섯 명의 주인을
섬기는 하녀

다섯 사람이 하녀 한 명을 함께 샀는데 그중 한 사람이 하녀에게 말했다.

"내 옷을 빨아라."

다른 사람이 또 하녀에게 자기 옷을 빨라고 했다. 하녀가 그에게 먼저 받은 빨래부터 빨아야 한다고 하자 나중에 시킨 사람이 화를 내며 말했다.

"내가 그 사람과 함께 너를 샀는데 어째서 그 사람 옷부터 빨겠다는 것이냐?"

그러고는 하녀에게 매 열 대를 때렸다. 나머지 사람들도 저마다 하녀가 같은 말을 할 때마다 매 열 대씩을 때렸다.

색色 · 수受 · 상想 · 행行 · 식識 오음五陰이 또한 그러한데 우리의 몸은 수많은 번뇌가 인연으로 합쳐져 이루어진 것이라 그 오음이 항상 생生 · 노老 · 병病 · 사死라는 끝도 없고 다함도 없는 번뇌로 중생을 채찍질하는 것이다.

세상에는 두 종류의 사람이 있다. 받아들여야 할 것을 얼른 알아차리고 받은 뒤에 편안해지는 사람과 받아들이지 말아야 할 것을 버티지 못하고 받아버린 뒤 힘든 일을 겪게 되는 사람이다. 문제는 받아들여야 할 것과 받지 말아야 할 것을 알아보는 힘을 갖는 것인데, 누구라도 욕심과 분함, 그리고 어리석음에 사로잡혀 있는 동안에는 그 힘을 발휘할 수 없고, 머리로만 알아서도 지닌 힘을 제대로 써먹을 수 없다. 지혜는 머리로 아는 것을 몸으로 실천할 수 있을 때 비로소 빛을 내는 것이라 삶에서 구현되지 못하는 앎은 우리의 몸을 더욱 무겁게 만들 뿐이다.

왕 앞에서
음악을 연주한 사람

음악에 재주를 가진 사람이 천 냥을 받기로 하고 왕 앞에서 연주를 했다. 연주를 마친 뒤 돈을 달라고 하자 왕이 돈은 주지 않고 이렇게 말했다.

"네가 방금 연주한 음악은 내 귀만 즐겁게 하고 사라져버렸다. 내가 네게 돈을 주겠다고 한 말도 네 귀를 즐겁게 하고 사라진 것이다."

세간의 인과응보라고 하는 것도 이와 같다. 비록 사람으로 태어나거나 천상에 나서 소소한 즐거움을 받는다고 하더라도 그것들은 실재하지 않고 오래가지 못하는 것이라 마치 귀만 즐겁게 하고 사라져버리는 음악과 다를 것이 없다.

욕망을 쫓을 수밖에 없는 것이 목숨 가진 것들의 숙명이라고 해서 생명을 가진 것들의 삶이 모두 한 가지 모습만 하고 있는 것은 아니다. 사람 따라 나라 따라 삶의 질이 천양지차로 다르게 나타나는 이유다. 그렇다고 그 원인을 타고난 바탕이 좋고 나쁜 것으로만 볼 수도 없다. 세상이 외부의 간섭 없이 굴러가게 되어 있지 않기 때문이다.

한 사회의 삶의 건강지수는 전적으로 그 사회가 가진 선의의 총량에 따라 좌우된다. 문제는 한 사회가 갖춘 제도와 그 제도를 운영하는 주체가 사회구성원들의 지속적인 선의 계발과 함양에 보탬이 되게 운용되고 있는가 하는 것인데, 그 시작은 두말할 것 없이 바른 교육의 바탕에서 이루어진다.

욕망은 경쟁을 촉발한다. 그렇다고 경쟁을 없애 삶의 동력인 욕망을 사그라지게 할 수도 없다. 우리나라 교육의 문제는 '경쟁'과 '성공'이라는 두 가지 키워드 외에 '사회'라는 공동체의 일원으로 갖춰야 할 소양의 함양에 거의 관심을 두지 않는 것이다.

알려진 대학의 이사장이라는 사람이 방송에 나와서 대학의 목적이 '인격적으로 완성된 인재의 배출에 있지 않다'는 극언에 가까운 말을 해도 아무 탈이 없는 것이 우리 교육의 현주소다.

세상 모든 사람이 출가수행자처럼 욕심을 내려놓고 살아야 한다고 하는 말이 아니다. 남자거나 여자거나 어른이거나 아이거나 부자로 살거나 가난하게 살거나 잘생긴 외모를 타고났거나 그렇지 못하거나 어떤 것도 살아가는 데 장애가 되지 않는 사회를 만드는 데 나서부터 죽을 때까지 평생을 가는 교육 말고 달리 더 무엇에 기댈 수 있을 것인가!

스승의 다리를
부러뜨린 제자

다리가 아픈 스승에게 제자 둘이 있었다. 스승은 다리가 아플 때마다 두 제자에게 다리 하나씩을 따로따로 주무르게 했다. 두 제자는 사이가 좋지 않아 항상 서로를 싫어하고 미워했는데, 한 사람이 밖에 나간 사이에 다른 제자가 밖에 나간 제자가 안마했던 스승의 다리를 돌로 쳐서 부러뜨려버렸다. 밖에서 돌아온 제자도 그것을 보고 화가 나서 바로 스승의 남은 다리 하나마저 부러뜨려버렸다.

불가의 제자들이 하는 짓도 이와 같다. 대승을 배우는 사람은 소승을 배척하며 공격하고, 소승을 배우는 사람도 대승을 배척하여 공격함으로써 위대한 성인의 가르침이 두 집단의 다툼 중에서 원래 가진 귀한 뜻을 잃고 사라지게 만들어버린다.

이 이야기는 《잡보장경雜寶藏經》에 실린 공명조共命鳥 이야기에서 유래한다.

한 몸에 머리가 둘 달린 새가 있었다.

한 머리는 언제나 맛있는 과일을 먹어 몸을 편안하게 하고자 했지만 나머지 한 머리는 그런 머리에게 샘이 나서 '저 녀석은 항상 맛있는 과일을 먹는데 나는 그렇지 못하다.'고 여기고는 스스로 독이 든 과일을 먹어 버렸다. 미움에 눈이 멀어 자기가 한 몸에 달린 두 머리 중에 하나라는 것을 잊어버린 어리석기 짝이 없는 선택이었다.

작게 보면 같은 것에서도 다른 것이 생겨나고 크게 보면 다른 것이라 하더라도 다르다고 할 것이 없다. 세상을 보는 불교적 관점의 토대가 '분별하지 않는 것' 위에 있다는 점에서 보면 불교 안에서 다시 '종'을 가르고 '파'를 나눈다는 것이 참으로 우스운 일이 아닐 수 없다. 게다가 거기에서 한 걸음 더 크게 앞으로 나아간다면 세간의 여러 종교 간 장벽의 의미까지도 사뭇 달라질 수 있다. 세력은 사실 종교의 본래적 가르침과는 아무런 상관이 없는 것인데, 어떤 종교인들은 그것이 마치 종교의 본령이나 되는 것처럼 속여 말하고, 그런 나머지 자기네를 살피는 대신 다른 종교의 허물을 찾아 탓하기에 바쁘다. 그러나 그것은 작게 보면 자신이 몸 담고 있는 종교의 미래를 어둡게 하는 일이고, 크게 보면 세상 모든 종교의 토대를 허물어지게 하는 짓일 뿐이다.

자신을 이롭게 하는 일이 타인에게 이롭지 않을 수는 있지만 타인을 이롭게 해주는 일이 자신에게 이롭지 않을 때는 없다는 것이 '자리이타自利利他'적 보살행에 감춰진 큰 뜻이라는 것을 잊지 말아야 할 일이다.

앞을 다툰
뱀의 머리와 꼬리

뱀의 꼬리가 머리에게 말했다.

"내가 앞에서 가야 하겠다."

머리가 꼬리에게 말했다.

"내가 항상 앞에 있었는데 갑자기 왜 그러느냐?"

그러고는 앞으로 가려고 하자 꼬리가 나무를 붙잡고 늘어져 가지 못했다. 꼬리가 말고 있던 나무를 풀고 앞으로 나서 가다가 불구덩이에 빠져 타서 죽고 말았다.

스승과 제자 사이에서 벌어지는 일도 이와 같다. 제자들은 나이 들어 늙은 스승 대신 젊은 자기네가 앞장서서 이끌어야 한다고 말하지만 젊은 제자들은 계율에 익숙하지 않아 잘못을 범할 때가 많고 이로 인해 지옥으로 떨어지고 만다.

불교계에 대한 바깥 세상 사람들의 비판의 소리가 한두 가지가 아니지만 그중에 '속세와 다를 게 하나도 없다'는 말처럼 듣기 민망한 말도 드물다. 그러나 불교계가 비판을 받는 까닭이 승가의 속화에만 있다고는 생각하지 않는다.

　정치판 비판에 가장 큰 목소리를 내는 이들이 소위 지식인으로 불리는 사람들이다. 그러나 최근 유명 대학들이 학내에서 일어난 사건들을 처리하는 과정을 보면 교수 사회 역시 정치판을 비판할 수 있을 만큼의 도덕성이 없기는 마찬가지였다.

　바람직한 사회의 구성과 유지가 전적으로 그럴 수 있는 소양을 가진 사람들에 의해 이루어진다는 점에서 보면 아직 우리 사회는 더 배우고 더 견뎌야 할 세월이 남아 있다고 봐야 할 것이고, 마찬가지로 불교계 역시 사부대중 공동의 화합과 정진을 통해 무너진 불법을 일으켜 세워야 하는 크나큰 과제를 제대로 인식해야 한다.

먼 길을 흘러 바다에 이르는 강물을 두고 앞뒤가 있다고 말하는 것을 보지 못했지만 강물은 분명 앞이 있어서 이끌고 뒤가 있어서 밀어주기 때문에 앞으로 나아갈 수 있다. 뒤집어지기도 하고 순탄하게 흐르기도 하면서 앞으로 나아가는 강물을 사람들이 자연스러운 것의 대표처럼 말하는 데는 이유가 있다. 강물은 오직 하나 때와 장소의 형편을 거역하지 않고 따를 뿐, 맑은 것과 탁한 것을 가리지 않고, 먼 길을 왔는지 짧은 길을 왔는지를 구분하지 않으며, 얼마나 앞장서서 왔는지 얼마나 뒤에서 왔는지 또한 따져 묻지 않는다. 세상의 모든 자리에는 가장 잘 어울리는 한 사람과 그럭저럭 어울리는 몇 사람과 절대 어울리지 않는 한 사람이 있고, 어떤 사람을 그 자리에 앉게 하느냐는 전적으로 그 집단이 가진 역량의 크기에 따라 결정된다. 불법 진흥이 지혜와 복덕 말고 어떻게 나이로만 이뤄낼 수 있는 일이겠으며, 반대로 젊은 패기 하나로만 이룰 수 있는 일이겠는가!

왕의 이발사가
되기를 바란 사람

옛날에 한 왕이 있었는데 적과 싸우는 중에 자신의 목숨을 돌보지 않고 싸워준 신하 덕분에 한 군데도 다친 데 없이 살아날 수 있었다. 기분이 좋아진 왕은 그의 소원을 들어주기로 마음먹고 물었다.

"바라는 게 있으면 무엇이든 들어줄 테니 말해보거라."

목숨을 걸고 싸워준 신하가 말했다.

"왕께서 수염을 깎으실 때 그 수염을 제가 깎을 수 있게 해주십시오."

왕이 말했다.

"그것이 네가 바라는 것이라면 들어주마."

소문을 듣고 세상 사람들이 모두 그 신하를 비웃었다. 나라의 반을 다스릴 수 있는 대신이나 재상이라도 원했으면 될 수 있었을 것인데, 그가 택한 것이 겨우 수염이나 깎는 일이었기 때문이다.

어리석은 이들도 이와 같다. 부처님은 헤아릴 수 없는 세월 동안 어려운 일과 괴로운 일을 겪고 스스로 깨달은 이의 경지에 이르렀다.

부처님의 가르침을 만나는 일과 사람 몸을 받아 세상에 오는 일은 비유하자면 백 년에 한 번 물 위로 떠오르는 눈먼 거북이 바다 위를 떠다니는 나무 구멍에 머리가 끼는 것만큼이나 어려운 일이다. 그런데 이렇게 어려운 일 두 가지를 이루고도 품은 뜻이 졸렬하면 하찮은 계율을 받들고 만족해하며 열반이라는 뛰어난 가르침을 구하지 않는다. 앞으로 나아갈 마음을 내지 않은 채 하찮고 저열한 일을 행하며 스스로 만족해버리는 것이다.

늦게야 불교를 만났다. 만나고 보니 좀 더 일찍 만났으면 좋았을 것이라는 아쉬움이 컸다. 지난날을 돌이켜볼 때마다 생각 없이 무턱대고 살아온 것 같다는 생각을 떨칠 수 없었고, 젊은 나이에 자기 발로 절을 찾아간 사람들의 이야기라도 들을라치면 어떻게 그럴 수 있었는지 감탄과 함께 부러운 마음까지 일었다. 그러나 사는 모습을 보면 꼭 그런 것만도 아니었다. 배운 것을 배운 대로 풀어내며 살아내지 못하기는 절 안이나 절 밖이나 다를 것이 없었고, 새로 거듭나기 어렵기는 어디서나 마찬가지였다. 누구나 살면서 서너 번의 기회를 맞이한다는 것도 알고 있고, 미리부터 준비해두지 않으면 찾아온 기회를 자기 것으로 만들 수가 없다는 것도 알았지만 기회를 잡은 것이 끝이 아니라는 것에 대해서는 그다지 중요하게 생각하지 않기 때문일 것이다. 그리고 그것은 어쩌면 우리 모두 어려서부터 받은 모종의 압력 때문일지도 모른다.

생각해보면 우리 모두 어떻게 살라는 말보다 무엇이 되라는 말을 더 많이 듣고 자랐다. 그래서 의사가 되든 검사가 되든 교사가 되든 출가자가 되든 그것으로 끝이었고, 하다못해 엄마나 아빠가 되고 나서도 그에 합당한 삶을 살기 위한 진지한 모색을 잘 하지 못했다.

꿈이나 바람은 '무엇이 되는 것'보다 '어떤 삶'이 되어야 한다. 사람의 삶은 절대로 '무엇'에 의해서는 달라지지 않는다. 삶을 달라지게 하는 것은 삶의 껍질이 아니라 그 속을 채우는 내용이기 때문이다. 가진 바람의 크기로 하는 말이 아닐 것인데, 품은 뜻이 대원大願인가 아닌가가 무에 그리 중요하랴. 부처님의 가르침을 따라 살겠다고 한 바에야 다른 사람의 이로움을 위해 자신의 이로움을 헌신짝처럼 버리기까지는 못할지언정 적어도 자신을 위해 다른 이들을 해롭게 하는 일만은 절대로 하지 않게 되기를 누구보다 스스로에게 먼저 바라고 다짐해본다.

없는 것을 달라고 한
사람

두 사람이 함께 길을 가다가 깨를 실은 수레가 언덕에서 앞으로 나아
가지 못하는 것을 보았다. 수레를 끌던 사람이 두 사람에게 말했다.

"험한 길을 빠져나갈 수 있게 수레를 좀 밀어주시겠소?"

두 사람이 말했다.

"그러면 우리에게 무엇을 줄 테요?"

수레꾼이 말했다.

"없는 것을 드리리다."

두 사람이 수레를 평지까지 밀어준 뒤 수레꾼에게 말했다.

"이제 주기로 한 것을 주시오."

수레꾼이 말했다.

"물건이 없소이다."

그 사람이 다시 말했다.

"주겠다고 한 것을 주시오."

그러자 둘 중 다른 사람이 웃으면서 말했다.

"저 사람이 주고 싶어 하지 않는데 화낼 것 없소이다."

처음 말한 사람이 다시 말했다.

"없는 물건이라는 그것을 주시오. 없는 물건이라는 게 분명히 있을 것이오."

나머지 한 사람이 말했다.

"'무물無物'이란 두 글자가 합해져서 뜻을 갖게 된 것으로 가명假名이라하는데 이름을 빌어 표시하는 것일 뿐 실제 사물과 대응하는 것이 아니오."

세속의 범부들은 '무물'이라는 이 가짜 이름에 집착하여 그에 상응하는 실물이 분명이 있을 것으로 여기고 무소유의 경계까지 추구하여 들어가서는 도리어 무소유라는 것에 집착해버린다. 모든 현상과 사물에는 자성自性이라는 게 없이 단지 인연의 화합으로 이루어져 모두가 공空하다는 것을 분명히 알게 되면 이 세상 모든 사물에 대해 바랄 것도 구할 것도 없어 마침내 생사生死로 이어지는 업業을 지을 것도 없다. 그러니 무상無相, 무원無願, 무작無作인 것을 오히려 구하고 얻을 수 있는 실제의 경계라고 생각한다면 그것은 마치 '없는 것'을 달라고 한 사람의 요구처럼 허무맹랑한 바람이 되고 마는데, 이것이 바로 두 번째 사람이 말한 '무물'에 대한 설명이 되는 셈이다.

하지만 어느 쪽이든 집착하는 게 병인 것은 마찬가지다. '공空'에 매달리면 몸을 두고 살아가는 세상을 설명할 길이 없고, '유有'를 붙잡으면 어느 것 하나 영원할 수 없는 분명한 사실에 등을 돌리는 모양이 되기 때문이다. 그래서 진공묘유眞空妙有, 즉 있는 듯 없다고 하고 없는 듯 있다고 하는 것이다. 이분법에 익숙한 세상의 논리로 말하면 이 또한 회색의 영역에 속하는 말로 오해되기 쉽다. 그러나 그것이 바로 세속의 논리라는 색안경을 끼고 사태를 보기 때문이다. 세상은, 그리고 진리는 어느 쪽으로든 단정 지어 말하는 것을 허용하지 않는다.

《과학, 철학을 만나다》란 주제의 강연에서 장하석 교수가 한 말에 따르면 세상을 보는 방법에는 두 가지가 있다. 하나는 분명한 세상을 흐릿하다고 여기는 것이고, 또 하나는 흐릿한 세상을 분명하다고 보는 것이다.

관점에 따라 얼마든지 달라질 수 있는 문제인데도 우리는 곧잘 각자가 처한 배경에 따라 다른 자세를 취하곤 한다. 그러나 바람직하기로는 어느 자리에 서더라도 딱딱해지지 않는 것이다. 세상이 분명히 존재하는 것인지 분명히 존재한다고 믿는 것인지, 우리의 인식이 흐릿한 것인지 흐릿할 수밖에 없다고 여기는 것인지 지금으로서는 누구도 단언할 수 없다. 다만 분명한 것은 한 가지 있다. 인간은 말로든 글로든 자신이 인식한 것조차도 그대로의 모습으로 풀어낼 수 없다는 것이다.

장자의
입을 밟은 사람

옛날에 한 부자가 살았는데 그의 주변에는 그의 마음을 사기 위해 무슨 짓이라도 할 수 있는 이들이 있어서 부자가 가래침을 뱉기라도 하면 옆에서 시중을 드는 이들이 즉각 발을 뻗어 밟아버렸다. 그중에 아무리 기회를 살펴도 부자의 가래침을 밟아볼 기회를 얻을 수 없었던 한 어리석은 이가 생각했다.

'어르신이 가래를 뱉으면 사람들이 즉각 밟아버린다. 그러니 어르신이 가래를 뱉으려고 할 때 내가 먼저 밟아버려야겠다.'

그러고는 부자가 막 가래침을 뱉으려고 할 때 재빨리 부자의 입 위로 발을 뻗었는데 그만 부자의 입술이 터지고 이빨이 부러져버렸다. 화가 난 부자가 어리석은 자에게 물었다.

"무슨 이유로 내 입을 걷어찼느냐?"

어리석은 이가 대답했다.

"어르신께서 가래침을 뱉으면 아첨하기 좋아하는 사람들이 재빨리 발로 비벼버리는 바람에 제 발로 밟아 비비고 싶어도 그럴 수가 없었습니다. 그래서 어르신께서 가래침을 뱉으려고 하실 때 남보다 먼저 발을 뻗어 가래침을 비벼 없애서 어르신의 마음에 들고 싶어 그랬습니다."

무릇 모든 일에는 반드시 알맞은 때가 있는 법이라 때가 되지 않았는데 억지로 하다 보면 거꾸로 괴로움을 당하게 된다. 이런 까닭에 세상사람 모두 알맞은 때와 때 아닌 때를 알아야 한다.

좋은 쌀로 밥을 지으면서도 실패하는 이유가 여러 가지 있을 수 있지만 밥맛을 결정짓는 결정적 한 순간을 꼽으라면 아무래도 뜸을 들이는 시간이 아닐까 싶다. 그 시간이야말로 밥다운 밥이 되게 하는 불가결한 시간이기 때문이다.

마찬가지로 열매를 맺는 모든 것들에게도 따내기에 알맞은 시기가 있다. 서두르다가는 먹을 수 없는 설익은 것을 따게 되고 게으름을 피우다가는 짓물러 역시 제대로 된 열매를 거둘 수 없게 된다.

사람이 사람에게 하는 말과 행위도 마찬가지라서 때를 잘 맞췄을 때 비로소 제대로 된 효과를 낼 수 있다.

때를 잘 맞추는 것에서도 필요한 것이 상대방의 입장에서 사태를 보는 것이다. 아는 소리 잘하는 점술가도 자신의 앞날을 잘 보지 못하는 것처럼 '나'를 중심에 두고서는 알맞은 때를 보기가 쉽지 않기 때문이다. 중요한 때를 놓친 뒤 힘을 잃고 스러져간 이들을 여러 차례 보았다. 큰일을 한다고 생각할수록 실기失期하는 것을 뼈아프게 알아야 한다.

부친이 남긴 모든 재물을
두 조각으로 나눈 형제

옛날에 마라국의 한 대신이 중병에 들어 죽기 앞서 아들 둘에게 유언을 남겼다.

"내가 죽고 난 뒤에 재산을 잘 나누어 가지거라."

대신이 세상을 뜬 뒤, 두 아들은 부친의 유훈에 따라 재산을 나누게 되었는데 형이 아우에게 재산을 나누는 게 공평하지 않다고 말했다. 그때 한 어리석은 노인이 말했다.

"내가 너희에게 재물을 공평하게 나누는 법을 가르쳐주겠다. 지금 갖고 있는 재물을 모두 둘로 나누어라."

"어떻게 나누는데요?"

"옷은 가위로 잘라 둘로 나누고, 밥상이나 병도 둘로 나누고, 옹이나 항아리도 깨서 둘로 나누고, 동전도 잘라서 둘로 나누어라."

그러나 세상 사람들은 모든 재물을 이렇게 둘로 깨서 나누는 방법을 어리석다고 비웃었다.

이것은 외도수행자들이 일종의 분별론에만 뜻을 두고 수행하는 것과 같다.

논변을 나누면 네 가지가 있는데 첫 번째는 사람은 모두 반드시 죽는다고 하는 결정답론문決定答論門이다. 두 번째는 분별답론문分別答論門인데 죽으면 반드시 다시 태어난다고 주장하면 여기에는 두 가지 상황으로 나뉘니, 일체의 번뇌를 없애고 탐욕과 애착을 없애 후세에 다시 태어나지 않는 것과 탐욕과 애착이 모두 사라지지 않아 다음 세상에 나는 것이라고 분별하는 것이다.

세 번째는 반문답론문反問答論門이니, 예를 들자면 사람이 가장 뛰어난지 아닌지 물을 때, 그러자면 마땅히 그대가 삼악도와 서로 비교하여 나은 것인지 아니면 천인天人과 비교하여 나은 것인지를 먼저 물어야 한다. 네 번째는 치답문론置答問論이라고 하여 세계와 중생은 다함이 있는지 없는지 시작과 끝이 있는지 없는지 등과 같은 대답하기 아주 어려운 열네 가지 문제를 물을 때, 문제 자체가 아견我見, 변견邊見, 상견常見, 단견斷見 등의 사견邪見을 그 안에 갖고 있기 때문에 대답을 하지 않고 그냥 두어버리는 것이다.

바른 진리를 알지 못하는 어리석은 외도수행자들은 스스로 지혜를 가진 척하며 네 가지 문파로 나뉘어 일종의 분별론을 만들어내는데 그것은 마치 어리석은 사람이 재물을 나누려고 동전을 갈라서 두 조각으로 만드는 것과 같다.

하나 속에 모두 있고 많은 데도 하나 있어(일중일체다중일一中一切多中一)

하나가 모두요 많은 것 또한 하나이니(일즉일체다즉일一卽一切多卽一)

하나의 티끌 속에 온 세계가 들어 있고(일미진중함십방一微塵中含十方)

모든 티끌 하나하나 또한 그러하다(일체진중역여시一切塵中亦如是)

의상대사가 법성게法性偈에서 말한 것처럼 세상은 작게 보기로 하면 한없이 작고 크게 보기로 하면 그 끝을 알 수 없게 크다. 가시를 타고난 새끼라도 제 자식을 품에 안는 어미의 마음으로 보면 세상에 귀엽고 사랑스럽지 않은 생명이 없을 테지만 그 누구보다도 사랑스러운 여인을 아내로 두고도 바람을 피우는 남자는 이 세상 어떤 여인에게도 변하지 않는 마음을 줄 줄 모른다.

마찬가지로 따지고 가르기를 좋아하는 자식들은 아무리 길이를 재고 무게를 달고 가치를 비교한다 하더라도 불만이나 다툼 없이 부모의 재산을 형제와 나눌 수 없다. 형제간의 우애가 탐욕의 크기를 넘어서지 않고서는 형이나 아우의 이익을 위해 자신의 손해쯤 감수할 수 있다는 배려의 마음을 갖지 않고서는 아무리 정확하게 나누고 가른다 해도 남의 손에 쥐어진 떡을 더 크게 볼 수밖에 없다.

　바른 길을 아는 것도 중요하지만 아는 대로 살아보지 않는 사람에게 바른 길은 약이 아니라 오히려 독이 될 수 있을 뿐이다. 아는 것으로 자기보다 남을 먼저 바꾸려 하고 자신의 허물에 대해 아는 것을 변명의 재료로 삼으려고 들기 때문이다.

병 만드는 것을
구경한 형제

어떤 사람 둘이서 옹기장이가 발로 돌림판을 돌리며 병 만드는 모습을 넋 놓고 구경하다가 그중 한 사람은 그곳을 떠나 큰 잔칫집으로 가서 맛좋은 요리와 귀한 보물을 얻었다. 그러나 나머지 한 사람은 계속 병 만드는 모습을 지켜보면서 생각했다.

'병 만드는 것을 다 본 뒤에 가야지.'

그러는 사이에 시간이 흘렀고 그 사람은 해가 질 때까지 병 만드는 것을 구경하다가 그만 옷과 밥을 얻을 기회를 놓쳐버렸다.

어리석은 사람들도 이와 같아서 집안일과 번거롭고 사소한 일들에 묻혀 지내느라 대단히 중요한 일이 생기는 것을 알아채지 못한다.

오늘은 이러이러한 일들을 하고
내일은 저러저러한 업들을 짓네.
부처님들 큰 용처럼 세상에 나와
천둥 같은 가르침을 온 세상에 전하고
비 내리듯 가르침을 걸림 없이 전하지만

작은 일들에 매인 채 듣지 못하네.
느닷없이 찾아오는 죽음 알지 못하고
부처님 말씀 들을 기회 놓쳐버리며
부처님의 귀한 가르침 받지 못한 채
언제나 나쁜 길의 끝을 향해 가다가
바른 가르침 버려두고 멀어지고 마네.
병 만드는 것을 구경하던 옛사람처럼
병 만드는 것을 끝까지 보지 못한 채
귀한 가르침 들을 기회도 놓쳐버리고
해탈할 기회마저 영영 잃고 마네.

돌아보면 그때 그만두었어야 하는 일이 있는가 하면 반대로 그만두지 말았어야 하는 일들도 못지않게 많다. 사람의 기분을 좋아지게 하는 단맛이 지나치면 치아는 물론 건강을 해치는 독물이 되어버리듯 사람들을 미혹에 빠지게 하는 것들도 역시 한 사람의 시간뿐만 아니라 일생까지도 파멸의 나락으로 떨어지게 할 수 있다.

그래서 더욱 어려서부터 자신을 들여다보는 훈련이 필요하고 지혜로운 이의 말씀을 들을 자리로부터 멀어지지 않게 하는 습관을 들여야 한다. 그것이 바로 '공부'라고 생각하는 부모들이 많다. 그러나 학교에서 책을 통해 배우는 것만 '공부'의 전부가 아니다.

배울 것도 천지에 널려 있고 가르칠 스승도 없는 곳이 없는데 탐·진·치 삼독三毒 허물을 벗지 못한 우리가 그것들을 알아보지 못할 뿐이다.

배울 곳을 알아보고 배울 마음을 내기 위해서는 되어야 할 것보다 살아야 할 길을 먼저 생각하고 잘사는 것 위에 잘 사는 삶이 있는 것을 알아야 한다. 이를 곳은 하나라도 갈 길은 여러 갈래로 나뉘어 있다. 질러가는 길이 있는 반면에 돌아가야 하는 길이 있고 힘 좋을 때 가야 하는 길이 있는가 하면 빨리 가기보다 느리게라도 쉬지 않고 가기에 알맞은 길도 있는 법이다. 누구에게나 어울리는 딱 하나의 왕도王道는 없다. 저마다에 어울리는 적당한 길이 있을 뿐.

연못 속에 비친
금 그림자를 본 사람

옛날에 어떤 어리석은 사람이 큰 연못에 가서 물속에 비친 황금을 보고 금이 있다고 외치고는 곧바로 물속으로 들어가 바닥을 헤집으며 금을 찾았으나 힘만 들고 금을 찾지 못했다. 물 밖으로 나와 잠시 쉬는 동안에 물이 맑아지자 다시 금이 나타났다. 그는 이번에도 곧장 물속으로 들어가 진흙을 뒤집으며 금을 찾았으나 역시 찾지 못했다. 그의 아버지가 아들을 찾다가 아들의 이런 모습을 보고 물었다.

"무슨 짓을 했길래 이렇게 힘들어하는 것이냐?"

아들이 말했다.

"연못 바닥에 금이 있어서 물속으로 들어가 찾아보았지만 번번이 힘만 들고 허탕을 쳤습니다."

주변을 살펴본 뒤 나무 위에 있는 금이 물속에 그림자로 비친 것을 알게 된 어리석은 사람의 아버지가 말했다.

"필경 새가 물어다 나무 위에 둔 금일 것이다."

아들은 아버지의 말을 듣고 나서야 나무 위로 올라가 금을 찾았다.

어리석은 사람들도 지혜 없기가 이와 같아서 잠시 만났다 흩어질 몸뚱이를 '나'라고 생각하니 온갖 힘 다 들여서 가짜 금 찾는 것과 닮았다.

'부지런한 것'보다 더 중요한 것이 '바로 아는 것'일진대 같은 이치로 '부지런한 삶'보다 더 중요한 것이 '바른 삶'이고 그러기 위해 '스승을 만나는 것'은 다른 것들을 앞서는 중요한 일이다. 좋은 부모가 자식에게 그러는 것처럼 좋은 스승도 제자에게 금을 주기보다 금을 찾는 방법을 가르치고 훌륭한 자식과 뛰어난 제자는 부모와 스승의 가르침으로 자신을 바꾸기를 주저하지 않는다.

색안경을 끼고 보면 세상이 온통 안경 색으로 물들어 보인다. 눈이 나쁜 것이 아니라 눈에 색깔 있는 안경 알이 덧씌워져 그런 것이듯 '무명無明'을 벗어나지 못한 보통 사람들의 삶 역시 탐욕과 분노와 무지의 바탕 위에서 이루어진다.

백 가지 천 가지 생각과 행동을 바꾸는 것보다 쓰고 있는 색안경을 벗어버리는 한 가지만 이뤄져도 보는 세상이 달라진다. 또 스승은 사람일 수도 책일 수도 일일 수도 바람일 수도 비나 눈일 수도 있으니, '바른 삶'을 생각하는 이는 언젠가 반드시 자기를 바꿀 스승을 만나게 된다.

만물을 만들어낼 수 있다고 한
브라만 제자

브라만* 들이 말했다.

"대범천왕은 세상의 모든 것을 만들어낸 아버지이며 주인이다."

자기도 그럴 수 있다고 생각하는 브라만 제자가 있었다. 스스로 지혜롭다 생각하는, 그러나 실제로는 어리석기 짝이 없는 그 사람이 범천왕에게 말했다.

"저도 만물을 만들어보겠습니다."

범천왕이 말했다.

"그런 생각 하지 마라. 너는 만들 수 없다."

그러나 그는 범천왕의 말을 듣지 않았고, 범천왕은 그가 만들어낸 것을 보고 말했다.

"네가 만든 사람은 머리가 너무 크고 목은 너무 가늘고, 손은 너무 크고 팔은 너무 작다. 또 다리는 너무 큰데 뒤꿈치는 너무 작아서 꼭 귀신을 만든 것 같구나."

---

* 브라만, 대범천왕, 범천왕 : 이 이름들은 모두 오래 전 인도 지역에서 세상을 창조했다고 믿은 신의 이름이며, 그 신을 섬기고 제사 지내는 계급도 신의 이름을 따라서 브라만이라 불렀다. 브라흐마를 한자로 범梵이라 옮겼고, 대범천왕, 범천왕은 그런 신을 부르는 호칭이다.

모든 사물은 각각의 업에 따른 인연의 화합으로 이루어지는 것일 뿐, 범천왕이 만들어낸 것이 아니라는 것을 마땅히 알아야 한다. 모든 부처님들께서는 팔정도, 즉 여덟 가지 바른 수행방법에 대해 말씀하신 것처럼 무엇인가 있어서 계속 이어진다는 상견常見이나 아무것도 없다는 단견斷見 어느 것에도 집착하지 말라고 하셨다. 그러나 외도들은 무엇인가 있다거나 또는 아무것도 없다는 생각으로 집착하는 마음을 내고, 이것으로 세상을 속여 가며 여러 가지 의식과 형상들을 만들어내는데, 그들이 말하는 것들은 기실 부처님께서 말씀하신 가르침에 들어맞지 않는 것들이다.

부처님의 가르침은 달라진 것이 없다. 있다면 부처님의 가르침을 전하는 사람들이 달라졌을 뿐이다. 그러니 일승一乘이나 이승二乘이니 삼승三乘이니 하는 분별들이 생겨나고 소승小乘이라거나 대승大乘이라는 구분도 생겨나게 된 것인데 언제나 가장 나중의 것은 맨 먼저의 것으로 되돌아가는 것이었다. 사람 몸이 달라진 것 없이 시대 따라 다른 옷을 입어온 것처럼 부처님의 가르침도 변함없는 내용에 겉치장을 달리 해왔을 뿐이다.

그러나 또 한편 달라지지 않은 것이 아무것도 없느냐면 그런 것도 아니다. 사는 곳 따라 사람의 피부색이 달라지고 몸뚱이의 생김새가 달라진 것처럼 불교도 전파된 지역에 따라 조금씩 키가 크고 살이 붙으며 다양해졌다.

자비慈悲로 대표되는 불교의 특성은 개방성과 유연성이라고 할 수 있다. 불교적인 것으로도 고집하거나 집착하지 않는 것이 불교의 본래적 가르침이다. '부처님 가운데 토막 같다'는 속담은 어떤 유혹에도 흔들리지 않는 사람이나 한없이 넓고 자비로운 마음을 가진 사람을 지칭 할 때 쓰는 말이다.

세상을 불국토로 만드는 가장 좋은 방법이 내가 스스로 부처가 되는 것이다. 어딘가 다른 곳에서 출현한 부처에 의해 세상이 바뀌는 것이 아니라 내가 부처가 됨으로써 세상을 불국토로 보는 눈을 갖는 것이다. 그런 마당에 내 앞에 무슨 다툼과 괴로움이 남아 있을 것인가?

꿩고기를 먹다 만
중환자

옛날 어떤 사람이 위중한 병을 앓고 있었는데 솜씨 좋은 의사가 그의 증세를 진단한 뒤에 말했다.

"꿩고기를 꾸준하게 먹으면 치료될 수 있습니다."

의사의 말을 들은 환자는 꿩을 한 마리 사다 먹은 후 더 이상 꿩고기를 먹지 않았다. 의사가 나중에 그런 그에게 물었다.

"병이 다 나았습니까?"

"선생님께서 날마다 꿩고기를 먹으라고 하셨는데 먹어 보니 꿩고기가 모두 똑같았습니다. 그래서 한 마리를 먹은 뒤로는 다시 먹지 않았습니다."

그의 말을 듣고 나서 의사가 말했다.

"어째서 계속해서 먹지 않았습니까? 당신은 지금 딱 한 마리만 먹었을 뿐인데 그래 갖고 어떻게 병이 다 나을 수 있겠습니까?"

외도들이 하는 짓도 이와 같아서 그들이 의사가 해주는 것 같은 부처님이나 보살의 말씀을 잘 들었으면 식識이 마음의 작용인 것을 알았을 터인데, 그들은 물질과 독립하여 정신이 따로 있다는 상견常見에 집착하여 과거와 현재와 미래가 생멸을 거듭하며 이어지는 것이 아니라 하나의 독립된 것이라고 여기는 게 마치 꿩고기가 모두 같다고 여겨 한 마리만 먹고도 전부를 먹은 것처럼 여기니 그들의 어리석음과 번뇌의 병을 고칠 수 없다.

큰 지혜를 가진 부처님들께서는 외도들의 상견을 없애기 위해 '모든 것은 찰나에 나고 사라지는데 어떻게 정신이라는 게 물질로부터 독립하여 변화하지 않고 영원할 수 있겠는가'라고 가르치셨다. 세속의 의사가 꿩고기로 병을 치료하려고 한 것처럼 부처님께서도 중생을 가르쳐 일체의 사물이 때때로 부서지고 멸하여 영원하지 않고 또 때때로 이어져 끊어지지 않는 것을 알게 하심으로써 외도들이 가진 상견常見의 병을 낫게 하셨다.

사람이 있고 사람을 아프게 하는 병이 있고 또 병을 낫게 하는 약이 있다. 아픈 사람은 약을 먹어야 나을 수 있고 약은 병을 물리칠 때까지 먹어야 한다. 그러나 병을 앓던 사람이라 하더라도 나은 뒤에는 더 이상 그 약을 먹을 필요가 없다.

사람이 있고 사람을 괴롭게 하는 삶이 있고 그 괴로움을 사라지게 할 가르침이 있다. 약이 있다는 것만으로 병을 물리칠 수는 없는 것처럼 실천되지 않는 가르침도 삶의 괴로움을 물리칠 수 없고 삶의 진리를 알아 괴로움에서 벗어날 수 있게 된 사람이 말과 글로 된 가르침에 묶여 있을 까닭도 없다.

이 세상 그 어떤 것도 인연에 따라 생멸生滅할 뿐 그 자체로 불멸不滅 영속永續하는 것은 아무것도 없다. 하물며 조물造物의 주인에 대해서는 더 말할 것도 없다. 그렇다고 그것이 곧 '아무것도 없는' 것을 뜻하지는 않는다. 그래서 진공眞空인 한편으로 또 묘유妙有하다 하는 것이다.

악귀 옷을 입은 이를
두려워한 사람들

오래전 간다르바국에 한 무리의 예인들이 있었는데 때마침 기근이 들어 음식이 있는 곳을 찾아 다른 나라로 가다가 사람을 잡아먹는 악귀들이 많이 사는 파라신산을 지나가게 되었다. 길을 가다 산에서 묵게 된 일행은 찬바람을 피해 불을 피우고 잠자리에 들었다. 일행 중 몸이 아파 한기를 느낀 한 사람이 연극을 할 때 나오는 악귀의 옷을 걸치고 불 가까운 곳에 앉아 있었는데, 잠결에 불가에 앉아 있는 악귀의 모습을 본 그의 동료가 자세히 살펴보지도 못한 채 놀라 일어나 도망치기 시작했고, 잠들어 있던 다른 사람들도 놀라 깨어 함께 도망치기 시작했다. 악귀의 옷을 걸치고 있던 사람도 누구보다 빠른 속도로 달려 나갔다. 사람들은 악귀가 자신들을 해치려고 쫓아오는 것으로 여겨 더욱 두려운 마음으로 산을 넘고 물을 건너고 골짜기에 빠지면서 도망을 쳤고, 그러다가 모두가 몸을 다치고 극도로 몸이 피곤해졌다. 이윽고 날이 밝은 뒤에야 그들은 비로소 자기들을 쫓아온 것이 악귀가 아니라는 것을 알게 되었다.

세상 사람들도 이와 같다. 바른 가르침에 굶주린 채 괴로운 삶을 살면서도 위없이 바른 법을 구하는 것으로부터 멀리 떨어져 색色·수受·상想·행行·식識 등 오음의 화합으로 이루어진 몸뚱이 속에 '나'라는 것이 있다고 집착한다. 집착한 나머지 '나'라는 게 있다는 견해를 가진 까닭에 나고 죽는 생사의 경계 속을 흘러 다니며 번뇌에 쫓기고 자재로움도 얻지 못한 채 지옥, 아귀, 축생 등 세 가지 나쁜 구렁으로 떨어지고 만다.

날이 밝아졌다는 것은 생사라는 낮과 밤이 다하고 지혜라는 밝은 새벽이 되어 비로소 다섯 가지 무더기의 화합으로 이루어진 몸은 단지 지地·수水·화火·풍風 사대四大의 화합으로 이루어졌을 뿐, 그 안에는 '나라고 할 만한 게(眞我) 없다'는 것을 알게 됨을 비유적으로 말한 것이다.

'보다'라는 뜻으로 쓸 수 있는 한자가 여럿 있지만 각각의 쓰임에는 미세한 차이가 있다. 이를테면 '견見'이 자신의 의지와 상관없이 자신의 눈으로 들어와 보이게 된 것을 가리키는 것이라면, '시視'는 자기가 보고자 하는 뜻이 있어 보는 것을 말하고, '관觀'은 거기에서 한 걸음 더 나아가 자세하고 꼼꼼하게 살펴보는 것을 뜻한다.

무지無知로부터 오는 두려움 중에서도 가장 극심한 것이 막연한 두려움, 특히 다른 사람에 의해 과장되거나 조장된 사실과 크게 다른 두려움이다. 세상에서 유혹의 요소들로 꼽히는 것들을 보면 대개가 비교를 통해 사람들의 막연한 두려움을 조장하고 확대하는 것들이다.

귀신이 아닌 것을 귀신으로 잘못 알아본 사람은 자세히 살펴보지 않았기 때문이고 자다 일어나 덩달아 도망친 사람들 역시 왜 그래야 하는지 알아보지 않았기 때문이다.

대낮이라고 모두 볼 수 있는 것이 아니듯 밝은 빛 속으로 나아가는 것만으로는 모자라다. 깨닫는다는 것은 밝아지는 것이고 밝아진다는 것은 연기緣起라는 큰 이치 하나를 꿰뚫어 아는 것일 테니 그것을 어찌 지식을 늘려 모르는 게 없게 하는 것과 같다고 할 수 있을 것인가?

귀신이 나온다는 집에서 맞선
두 사람

　오래된 집이 한 채 있었는데 사람들이 그 집에 귀신이 있다고 무서워하면서 감히 그 안으로 들어가려고 하지 않았다. 그때 자신을 대담하다고 생각하는 한 사람이 자기가 그 집에서 하룻밤을 묵겠다고 말한 뒤 집 안으로 들어갔고, 그 뒤에 또 한 사람이 와서 자기가 먼저 들어간 사람보다 더 용감하다고 말하면서 옆에 있던 사람이 집안에 귀신이 있다고 하는 말을 들은 뒤 집 안으로 들어가려고 문을 밀었다. 그런데 먼저 들어가 있던 사람이 문을 밀고 들어오려는 사람을 귀신으로 생각하여 문을 꼭 잡고 들어오지 못하게 했다. 들어가려는 사람은 문을 막고 있는 게 귀신일 것이라 생각했기 때문에 두 사람은 밤새도록 맞서다가 날이 샌 뒤에야 서로를 알아보고 귀신이 아니었다는 것을 알게 되었다.

세상 사람들도 이와 같다. 사람이란 지地·수水·화火·풍風 네 가지 요소가 잠시의 인연으로 만나 몸을 이루었을 뿐 주재하는 무엇인가가 없는 것으로, 하나하나 파헤치고 미루어 짐작해본들 무엇을 '나'라고 할 것인가? 그런데도 세상 사람들은 나는 옳고 너는 그르다고 억지를 부리며 다투니 그것이 마치 문을 밀고 당기며 맞서는 두 사람과 조금도 다를 것이 없다.

믿음이 너무 강해 진실을 보지 못할 때가 있고 소신을 내세우다 대국을 그르치는 경우가 있다. 지나친 확신과 소신 모두 유기적인 관계의 변화를 보는 눈을 어둡게 하고 그리하여 확신과 소신이라는 우물 안에 자신을 가두는 꼴이 되어버리기 때문이다.

'관계'를 무시한 믿음이나 소신은 원래 가진 힘을 온전하게 발휘할 수 없다. 믿음이나 소신이 갖는 힘의 크기는 그것이 가진 융통의 범위에 비례해서 커진다. 그리하여 어디서든 태과불급太過不及, 지나치지도 모자라지도 않는 융통의 폭을 갖고 관계의 변화를 살필 수 있을 때, 믿음과 소신 모두 그 말이 가진 본래의 힘을 온전하게 발휘할 수 있다. 이 세상에 변하지 않는 것은 아무것도 없다.

독이 든
환희환

옛날에 음탕하기 짝이 없는 여인이 있었는데 음욕이 성해져서 남편을
질투할 지경에까지 이르게 되었다. 그리하여 남편을 해칠 여러 가지 방
법을 생각하고 써봤지만 뜻을 이루지 못했다. 그러다가 남편이 이웃나라
에 사신으로 가게 되자 아무도 몰래 독이 든 약을 만들어 남편에게 먹일
생각으로 거짓말을 했다.

"당신이 이제 먼 나라에 사신으로 가게 되었는데 혹시라도 지치거나 먹
을 것이 모자랄 때가 있을까 걱정되어 제가 환희환* 오백 알을 만들어 드
리니 집을 떠나 국경에 이르렀을 때 힘이 들고 배가 고프면 꺼내 드세요."

---

* 환희환歡喜丸 : 산스크리트 마호티카mahotika를 의역한 것인데, 떡처럼 생긴 것으로 치즈와 밀가루, 꿀,
포도, 석류, 호두, 후추, 생강 및 여러 가지를 함께 넣어 만든다. '환희단歡喜團'으로도 쓴다.

부인이 주는 환희환을 받아 집을 나선 남편이 국경에 이르자 날이 어두워 숲 속에서 머물게 되었는데 사나운 들짐승이 무서웠던 남편은 약을 먹지 않고 그대로 놓아둔 채 나무 위로 올라가 잠이 들었다.

그날 밤, 때마침 오백 명의 도적들이 그 나라 왕의 말 오백 마리와 여러 가지 진귀한 보물들을 훔쳐 오다가 나무 아래 이르렀는데, 도망을 치느라 목이 마르고 배가 고팠던 그들은 나무 아래 환희환이 있는 것을 보고 모두 하나씩 먹고 나서 그 속에 든 독 때문에 한꺼번에 죽고 말았다.

나무 위에서 잠을 자다가 날이 새서 일어난 남편은 나무 아래 도적들이 죽어 있는 것을 보고 마치 자기가 한 것처럼 칼과 화살로 죽어 있는 도적들을 베고 찌른 뒤에 말과 재물을 거두어 그 나라를 향해 말을 몰았다.

그때 마침 군사를 이끌고 도적떼를 뒤쫓아 오던 그 나라 왕이 길에서 만난 그에게 물었다.

"너는 어디서 온 누구고 그 말은 어디서 난 것이냐?"

그 사람이 대답했다.

"저는 이웃(某) 나라에서 온 사람인데 이 나라로 오는 길에 도적들을 만나 서로 싸우게 되었습니다. (제가) 칼과 활로 죽인 도적들이 모두 저쪽 나무 밑에 죽어 있고 저는 말과 보물을 갖고 왕께서 계신 곳으로 가고 있는 중입니다. 만약 제 말이 믿기지 않으시면 사람을 보내 칼과 활에 맞아 도적들이 죽어 있는 곳을 살펴보게 하십시오."

왕이 충직한 신하를 보내 살펴보게 했더니 과연 그가 한 말 그대로였다.

왕은 매우 기뻐하면서 처음 보는 일이라고 찬탄한 뒤에 나라로 돌아와 많은 보물을 상으로 내리고 한 마을을 봉지로 주었다.

왕의 신하들이 모두 그를 시기하여 왕에게 말했다.

"저 사람은 먼 곳에서 와서 아직 믿을 수가 없는데 이렇게 갑작스럽게 오랜 신하들에게보다 더 많은 상과 벼슬을 내리시니 그를 아끼는 마음이 지나치십니다."

먼 데서 온 사람이 그 말을 듣고 이렇게 말했다.

"누구든 용기가 있고 힘이 있으면 넓은 들판으로 나가 나와 기량을 겨뤄봅시다."

그 말을 듣고 놀란 그 나라 사람들이 아무도 그와 대적하려고 하지 않았다.

그 뒤에 그 나라에서 광야에 사는 사나운 사자가 길을 막고 사람을 죽이는 일이 생겨 왕성으로 가는 길이 끊어지자 대신들이 모여 이에 대해 서로 의논하였다.

"멀리서 온 그 사람이 스스로 용감하고 힘이 있다고 하는데 만약 그 사람이 지금 다시 사자를 죽여준다면 나라에 해가 될 것을 없애주는 것이니 그야말로 장하고 놀라운 일이 될 것이다."

그들은 의논한 것을 왕에게 말했고 왕은 바로 칼과 몽둥이를 내려 그에게 보내게 했다. 멀리서 온 사람은 왕의 명령을 받고 뜻을 굳건히 한 다음 사자가 있는 곳으로 떠났다.

사자가 그를 보고 큰 소리로 으르렁거리며 그를 향해 무섭게 달려들었다. 그는 놀랍고 무서워 나무 위로 올라갔다.

사자가 나무 위에 있는 그를 올려다보며 입을 크게 벌리고 으르렁거렸다. 놀란 그 사람이 엉겁결에 들고 있던 칼을 놓쳐버렸는데 칼이 그만 나무 밑에서 으르렁거리던 사자의 입 속으로 떨어져 사자가 죽고 말았다. 멀리서 온 사람은 기뻐 어쩔 줄 모르고 펄쩍펄쩍 뛰다가 왕에게 가서 사자를 죽였다고 말했다. 왕은 전보다 더 그를 아끼고 그 나라 사람들도 그의 용기와 담력을 공경하며 찬탄했다.

그 사람의 부인이 만든 환희환은 깨끗하지 않은 보시를 말한 것이요, 왕이 그를 다른 나라에 사신으로 보낸 것은 선지식에 비유한 것이며, 다른 나라에 이른 것은 여러 하늘을 말하는 것이요, 도적의 무리를 죽인 것은 다섯 가지 탐욕과 온갖 번뇌를 끊어 수다원의 경지에 이른 것에 비유한 것이며, 다른 나라 왕을 만나는 것은 성현을 만나는 것에 비유한 것이고, 그 나라 사람들이 멀리서 온 사람을 질투하고 미워한 것은 외도들이 다섯 가지 탐욕을 끊어낸 지혜 가진 사람에게 그럴 수가 없다고 말하며 비방하는 것을 비유한 것이며, 또 멀리서 온 사람이 대신들 누구도 자기와 맞설 수 없다고 큰소리친 것은 외도들이 감히 자기에게 대항하거나 필적하지 못할 것을 말한 것이고, 사자를 죽인 것은 악마를 쳐부수어 번뇌를 끊고 악마를 무릎꿇림으로써 사물에 대해 집착하는 마음 없이 수행의 바른 결실을 맺게 되는 것을 비유한 것이다.

언제나 두려워하고 겁을 먹는 것은 유능제강, 즉 부드러운 것으로 강한 것을 이기는 것을 말한 것이니 처음에 비록 깨끗한 마음이 없었다고 하더라도 보시를 하게 되면 선지식을 만나 아주 뛰어난 과보를 얻게 된다. 깨끗하지 않은 보시가 이러할진대 하물며 좋은 마음으로 기쁘게 행하는 보시야 말해 무엇 하겠는가? 그러므로 마땅히 좋은 과보를 가져오는 복밭이라는 간절하고 정성스러운 마음으로 수행하고 보시해야 한다.

기부에 대해 어떻게 생각하느냐고 묻는 사람에게 아름다운 일이라고 싱겁게 대답해주었다. 기부라는 행위가 특별한 행위이자 미담으로만 전해지는 세상에서 어떤 형태든 간에 자기가 가진 것을 다른 사람이 쓸 수 있게 하는 행위에 대해 이것은 옳고 저것은 그르다는 식으로 말하고 싶지 않아서였다.

기부는 성향이기도 하고 유행이기도 하다는 점에서 드러나지 않기를 바라는 자발적 기부는 그대로 이뤄지게 하는 한편, 사회적인 요구와 필요에 의한 기부는 제도화하고 홍보하고 전파되도록 장려하는, 그래서 의도가 드러나는 기부에 대해 비판적으로만 보지 않으면 좋겠다는 말도 했던 것 같다.

삼륜청정三輪淸淨이란 말이 있다. 주는 이도 받는 이도 주고받는 물품도 드러나지 않게 하는 이른바 무주상보시無住相布施라고 하는 것이다. 그런데 그 말을 배운 이들 중에 상당히 많은 사람들이 보시도 하기 전에 보시한 것이 제대로 쓰일까에 대해 먼저 생각하는 경향이 있다.

좋게 쓰일 것 같으면 좋은 보시가 되고 그러지 못할 것 같으면 나쁜 보시가 된다고 생각하기 때문일 것이다. 그러나 그런 생각이야말로 분별分別의 전형이다.

예를 들어 이렇다. 동냥을 해서 먹고 사는 사람에게서 술 냄새가 난다고 치자. 그런데 작게라도 어떤 사람이 준 돈이 그에게 술 마실 빌미를 주고 술에 취한 그 사람이 사고를 치게 되면 돈 준 사람이 잘못 아니냐는 식이다.

그러나 이 문제를 다른 각도로 생각해볼 수도 있다. 술을 마셔야 하는 사람에게 한 푼도 생기지 않은 날이 생기면 술 한 병 값 때문에 더 큰 사고가 일어날 수도 있다.

《백유경》에서 말하고 있는 것처럼 보시는 그 자체로 복의 바탕이 된다. 아내가 남편을 해칠 생각으로 떡을 만들어주었는데도 그 떡이 가져온 결과는 여러 사람에게 이로움을 주는 일이었다. 아내의 의도를 알아챈 남편이 아내에게 복수를 할 생각을 내지 않은 것도 중요하다. 그랬다면 이 이야기는 아름다운 결과로 이어지지 못했을 것이기 때문이다.

애초에 선악이 정해져 있는 것은 없다. 무엇이든 그것을 이끌고 가는 이의 선하고 선하지 않은 의도가 있을 뿐이다. 선행은 무엇이든 좋은 일로 알고 좋은 마음으로 하는 것이다. 나누고 함께한다는 마음이 먼저라면 어떤 것을 선행 아닌 보시라고 할 수 있을 것인가.

허상虛像
-
거짓의 무게

"문제가 되는 것은 '나'의 안에 자리 잡은 '선입견'이다.
색안경을 쓴 채로 보고자 하는 것의 본래 색깔을 볼 수 없는 것처럼
선입견을 가진 사람은 무엇이든 있는 그대로를 볼 수도 들을 수도 없다."

말로만 외우고
배를 운전할 줄 모르는 사람

옛날에 아주 큰 부자의 아들이 상인들과 함께 바다로 보물을 캐러 가게 되었다. 장자의 아들은 바다에서 배를 모는 방법을 모두 외우고 있었는데 예를 들어 바다에서 소용돌이나 역류 또는 암초가 있는 곳을 만나면 어떻게 배를 운전하고 바른 방향으로 나아가며 좋은 자리를 잡는가 등에 관한 것이었다. 그는 함께 배를 탄 사람들에게 말했다.

"바다에 들어가는 방법이라면 내가 모두 알고 있소이다."

사람들은 그가 하는 말을 듣고 모두 그 말을 믿었다.

바다에 이르러 얼마 되지 않았을 때, 선장이 갑자기 병이 생겨 죽고 말았다. 장자의 아들은 곧 죽은 선장을 대신하여 배를 몰게 되었는데 물살이 빠른 소용돌이를 만나자 큰소리로 외운 내용을 외쳤다.

"이럴 때는 이렇게 키를 잡고 이럴 때는 이렇게 노를 젓는다."

그러나 말로만 외웠을 뿐 배를 몰아본 적이 없는 그의 말은 아무 소용이 없었고, 배는 제자리만 맴돌 뿐 앞으로 나아가지 못하다가 사람들을 실은 채 물 속으로 가라앉아 버렸다.

세상 사람들도 이와 같아서 수식관이나 부정관 같은 참선법에 대해 배운 것이 많지 않고, 문장으로만 외웠을 뿐 그 깊은 내용을 제대로 알지도 못할 뿐 아니라 수행에 관한 여러 가지 방법에 대해서도 잘 알지 못하면서 자신이 마치 모든 것을 알고 있기라도 한 것처럼 거짓말을 해대며 사람들을 미혹에 빠트려 청정한 본래 마음을 잃어버리게 하고, 부처님 가르침을 거꾸로 알게 하여 오랜 세월이 흘러도 얻는 것이 아무것도 없게 만들어 버리는데, 그것이 마치 사람들을 바닷속에 빠트려 죽게 만든 부자의 어리석은 아들과 다를 것이 없다.

《감옥으로부터의 사색》의 저자 신영복 선생은 무기수로 보낸 자신의 옥중생활을 회고하며 이렇게 말했다. 그 길고 긴 수형의 세월이 지금 생각해보면 '머리에서 가슴으로' 이르는 기간이었고 또 '머리에서 발까지로' 이어져야 하는 것을 알게 하는 세월이었다고.

배움의 홍수시대라고 해도 지나치지 않은 시대를 살아가면서도 저마다 바라는 행복한 삶을 많은 사람들이 구현해내지 못하는 까닭은 따지고 보면 삶이 되지 못하는 앎으로부터 비롯되는 경우가 대부분이다. 이른바 앎과 삶이 다르게 살아가기 때문이라 할 수 있는데 그것이 꼭 '앎'이라는 말로 특정될 수 있는 특별한 사람들만의 이야기가 아니다.

행복하고 평화롭게 살 수 있는 방법이 없는 것도 아니고, 행복하고 평화롭게 살 수 있는 방법을 모르는 것도 아닌데 우리의 삶이 행복하지도 평화롭지도 않은 까닭은 우리가 우리의 앎을 삶이 되지 못하게 묶어두거나 방치해두었기 때문이다.

'머리에서 가슴으로, 그리고 또 발까지'라는 신영복 선생의 말은 기실 불교의 오랜 가르침의 바탕 문사수聞思修의 변형이고 '문사수'야말로 '듣고 이해하고 실행하는 것'의 전형이다. 불자들의 불교적 삶, 그것이야말로 이 세상을 불국토로 만드는 시작이자 모든 것이다.

함께 먹을 수 있는 떡으로
내기를 한 부부

부부가 떡 세 개를 갖고 있었는데 서로 한 개씩을 먹고 한 개가 남았다. 부부는 남은 떡 한 개를 두고 약속을 했다.

"누구든지 말을 하는 사람은 이 떡을 먹지 못하는 걸로 합시다."

그런 뒤에 부부는 떡 한 개 때문에 함부로 말을 할 수 없었다.

그런 일이 있고 나서 얼마 되지 않았을 때 부부의 집에 도적이 들어 집에 있는 재물이 모두 도적의 손에 들어갔다. 그런데도 부부는 앞에 약속한 게 있어서 도적을 보고도 아무 말도 하지 않았다. 부부가 아무 말도 하지 않는 것을 본 도적이 부인을 겁탈하려 하는데도 남편이 아무 말도 하지 않았다. 비명을 지르던 부인이 남편을 향해 소리 질렀다.

"바보 같은 사람! 떡 한 개 때문에 도적을 보고도 아무 소리도 지르지 않다니."

남편이 부인의 소리를 듣고 박수를 치고 웃으며 말했다.

"치! 멍청하기는. 이제 떡은 내 거야. 당신 몫은 없어."

사람들이 이 일을 듣고 비웃지 않는 사람이 없었다.

깨이지 못한 이들이 하는 짓도 이와 같아서 작은 명예와 잇속을 위해 침묵과 고요함을 유지하는 척 꾸며대고는 있지만, 헛된 생각과 온갖 착하지 않은 생각들의 침략을 받아 바른 법을 잃고, 아귀와 축생과 지옥이라는 세 가지 나쁜 길로 떨어지는 것을 두려워하지 않으며, 생사를 떠나는 바른 길을 찾으려 하지 않고 다섯 가지 욕망의 즐거움에 빠져 지내다 크나큰 괴로움을 만나도 그것이 괴로움이라는 것을 알지 못하는데, 그것이 마치 떡에 대한 욕심을 버리지 못해 떡과 재산을 함께 잃어버린 어리석은 이들의 행위와 하나도 다를 것이 없다.

장사를 바르게 하는 이들과 그렇지 못한 이들의 전략에는 차이가 있다. 장사를 잘하는 이들은 앞과 뒤의 가격 차이가 없게 하거나 나더라도 그 차이가 크지 않게 하는 데 반해 욕심을 부리는 이들은 그러지 못해 앞과 뒤의 가격 차이가 커질 수밖에 없다. 그래서 장사를 못하는 사람들의 장사법을 앞으로 남고 뒤로 밑지는 장사라고 한다.

잘하는 장사의 토대 위에서는 나도 잘 되고 너도 잘 되는 공생의 원리가 살아 숨 쉰다. 크고 작은 모든 것들이 연결되어 영향을 미치고 받는 자연의 이치가 그러하고 불법의 바탕 또한 그러하다.

필요 이상으로 쌓이는 곳이 생기면 그만큼 파이는 곳이 생기고 웃음소리 큰 곳의 반대편에서는 눈물을 흘리며 우는 소리 또한 커진다.

탐욕과 함께 원망이 자라고 원망은 재앙의 씨앗이 된다. 떡 세 개를 가진 부부 이야기는 많은 것을 생각하게 한다. 거기에는 욕심을 부려 독차지하는 것에서부터 다른 사람을 위해 자기 몫을 양보하는 것까지 실로 다종다양하고 선택 가능한 방법들이 있다. 지금 많은 사람들이 꿈꾸고 바라는 것이 혹시라도 자기 혼자 배가 부른 한편 다른 아흔아홉 사람이 배를 곯는 모습은 아닌지? 아닐 것이라고 고개를 저어보지만 자신은 없다.

자기가 다칠 것을 모르고
남을 해치려 한 사람

다른 사람과 사이에 생긴 원한 때문에 항상 수심에 잠긴 사람이 있었다. 어떤 사람이 그에게 물었다.

"왜 이렇게 수심이 가득하시오?"

그가 바로 대답했다.

"어떤 사람이 나를 헐뜯고 다니는데 힘으로 그 사람을 어떻게 해볼 수는 없소. 그렇다고 그 사람에게 보복을 할 수 있는 다른 방법도 없어서 이렇게 걱정만 하고 있는 중이오."

그 사람이 말했다.

"비타라주문을 외우는 방법이 있기는 한데 문제가 있소. 그 사람을 해치지 못하면 반대로 자신이 다치게 된다오."

그 말을 들은 걱정 많은 사람이 기쁜 표정을 지어 보이며 말했다.

"제발 그 방법을 내게 일러주시오. 비록 내가 다치는 일이 생긴다 하더라도 그 사람을 해칠 수 있다면 하고 말겠소."

세상 사람들이 하는 짓도 이러하다. 원한 때문에 상대를 해치기 위해 비타라주문을 찾게 되지만 결국 그 일을 이루기도 전에 자기가 품은 원한이 자신을 다치게 해 축생이나 아귀, 그리고 지옥으로 떨어지게 되니 남을 해치려다 자신을 해치는 어리석은 사람과 다를 것이 없다.

먼저 눈에 설지 않은 게송 한 편을 보자.

고강하고 완고하게 행동하는 자에게
화를 내면 자신에게 더욱더 해가 된다.
성자는 매우 평온한 자이니 (그에게)
화를 낼 이유가 무엇이 있으랴!
- 싸꺄 빤디따의 《선설보장론》 중 425 [9-27] 게송

博施諸佛子 박시제불자
若人生惡心 약인생악심
佛言彼墮獄 불언피타옥
長如心數劫 장여심수겁

널리 베풀고 사는 보살에게
나쁜 마음을 품는 이가 있다면

부처님은 그 사람이 지옥으로 떨어져서
그 마음만큼 지내게 된다고 말씀하셨다.

- 《입보리행론》「제1 보리심공덕품」34번 게송, 《풀어쓴 티벳 현자의 말씀》중에서

원한까지 갈 것도 없다. 사소한 원망이나 미움 같은 감정에서 촉발된 나쁜 마음도 결국에는 나쁜 마음의 대상이 되는 사람을 해치기 전에 자기부터 다치고 설사 그 사람을 다치게 하려는 애초의 의도대로 이뤄진다 하더라도 남는 것은 시원함이 아니라 개운찮은 감정의 찌꺼기들뿐이다. 선한 인연도 그럴진대 하물며 악한 인연의 뒤를 잇는 보복이 없을 수 없기 때문이다.

그래서 언제나 살펴야 하는 것은 남이 아니라 자기 자신이다. 자신이 좋은 의도를 갖고 그것을 잘 지켜낼 수 있다면 상대가 아무리 나쁜 뜻을 품었다 해도 자신을 해칠 수 없을 것이고 설사 그 해가 자신에게 미친 경우라 하더라도 악순환의 고리가 자신에게서 비로소 끊어져버릴 수 있기 때문이다.

누군가 까닭 없이 나쁜 의도를 품었다면 이룰 수 없을 것이고 이유 있는 나쁜 의도라는 것을 알게 되었을 때는 자신이 먼저 바뀌면 되는데 자신이 잘못될 것을 알면서도 다른 사람을 해칠 마음을 낼 까닭이 없지 않은가.

집안 전통이라고 하면서
밥을 빨리 먹은 사람

옛날에 북인도 사람이 남인도로 와서 살다가 그곳의 여인을 아내로 맞아들였다. 아내가 음식을 만들어 상을 차리자 남편이 뜨거운 것도 아랑곳하지 않고 허겁지겁 빠르게 밥을 먹었다. 이상하게 생각한 아내가 남편에게 물었다.

"밥을 빼앗아갈 사람도 없는데 무슨 이유로 그렇게 급하십니까? 천천히 식혀가며 잘 씹어 드시면 안 되나요?"

남편이 말했다.

"비밀이라 그 이유를 당신에게 말해줄 수 없소."

그 말을 들은 아내가 무슨 비밀인가 싶어 보채듯 물어대자 뜸을 들이던 남편이 아내에게 말했다.

"우리 집에서는 할아버지 이래로 언제나 밥을 빨리 먹었소. 나는 지금 할아버지를 비롯한 우리 집 식구들이 하던 대로 이렇게 밥을 빨리 먹고 있는 것이라오."

세상 속 덜 된 사람들이 하는 짓도 이러하여 올바른 이치를 모르고 좋고 나쁜 것을 구별할 줄 모르며 갖가지 삿된 일을 저지르면서도 부끄러운 것을 알지 못한다. 그들은 그것이 조상 대대로 해온 것이라고 하면서 버리거나 고쳐볼 생각도 하지 않는데, 그것이 할아버지와 아버지를 따라 뜨거운 밥을 빨리 먹는 이야기 속 어리석은 사람이 한 짓과 다르지 않다.

　초기경전인《맛지마 니까야》에는 이런 경이 들어 있다.

　"소문으로 들었다고 해서, 대대로 전승되어 온다고 해서, '그렇다더라'고 해서, 성전에 쓰여 있다고 해서, 논리적이라고 해서, 추론에 의해서, 이유가 적절하다고 해서, 우리가 사색하여 얻은 견해와 일치한다고 해서, 유력한 사람이 한 말이라고 해서, '이 사문은 우리의 스승이시다' 라는 생각 때문에 진실이라고 받아들이지 말라. 그대들은 참으로 스스로가 '이러한 법들은 해로운 것이고, 이러한 법들은 비난 받아 마땅하고, 이러한 법들은 지자들의 비난을 받을 것이고, 이러한 법들을 전적으로 받들어 행하면 손해와 괴로움이 있게 된다' 라고 알게 될 때 그것들을 버리도록 하라."

　-《깔라마경》(초기불전연구원 간행) 중에서

변화에 뜻이 없는 사람에게 '전례'처럼 좋은 핑계거리가 없다. '전례'가 있어도 그것에 따라 하거나 하지 말아야 하고 '전례'가 없을 때도 그것이 하거나 하지 말아야 할 근거가 되기 때문이다.

그런 사람들은 '변화'가 '전례'의 유무와 상관없이 일어날 수 있고 또 일어나야 마땅한 일이라는 것을 알지 못한다.

변화가 개방으로부터 촉발된다는 점에서 변화의 원인이 자기 밖에 있다고 하는 것은 틀린 말이 아니지만 그것을 이뤄내는 것은 남이 아닌 자기 자신의 힘이다.

배움이 변화의 가능성을 커지게도 하고 작아지게도 한다는 점에서 보면 누구를 만나 어떤 것을 배우느냐 하는 것이야말로 한 사람의 삶의 내용을 결정하는 매우 중요한 문제이자 사건이다. 그렇다고 한 사람의 삶을 풍요롭고 행복하게 하는 데 한 명의 스승과 한 가지 가르침만 있는 것은 아니다.

우주 안에 수많은 먼지가 있고 작은 먼지 속에도 커다란 우주가 들어 있는 것처럼 열 사람이 한 가지 가르침을 따를 수도 있고 한 사람이 열 가지 가르침을 품을 수도 있다.

열려 있고 서로 통하는 길 열 개보다 꽉 막힌 길 한 개가 더 낫다고 말할 수는 없는 일이다. 그리고 그럴수록 빠트려서는 안 될 것이 있다. 바로 길을 가는 내내 스스로를 돌아보고 살피는 것이다. 그럴 수만 있다면 온 몸에 독이 퍼져 목숨을 위태롭게도 할 수 있는 뱀에게 물린 팔이나 다리 하나 잘라내는 게 무에 그리 어려운 일이겠는가.

과일을 살 때
일일이 맛을 보고 산 사람

옛날에 한 부자가 있었는데 망고가 먹고 싶어 일하는 사람에게 돈을 주면서 과수원에서 맛이 아주 좋은 망고를 사오라고 했다.

그가 과수원에 도착해서 망고를 사러 왔다고 하자 과수원 주인이 말했다.

"이곳 과수원에 있는 망고들은 맛이 없는 게 없습니다. 직접 맛을 보면 알 수 있을 겁니다."

망고를 사러 간 사람이 말했다.

"내가 하나하나 직접 맛을 본 뒤에 사겠소. 먹어보지 않고 맛이 안 좋은 게 있는 걸 어찌 알겠소?"

그리고는 하나하나 직접 맛을 본 뒤에 맛이 좋은 것으로만 골라 산 뒤에 집으로 돌아갔다. 그러나 주인은 입으로 벤 자국이 남아 있는 망고를 보고 역겨운 생각이 들어 망고를 모두 버리게 했다.

세상 사람들도 이와 같아서 계를 받아 지니고 보시를 하면 복락을 얻을 수 있고 몸도 편안해질 수 있다고 들었으면서도 그것을 믿으려 하지 않고 "보시를 통해 복을 얻는다는 말은 내가 복을 받은 뒤에야 믿을 수 있다."라고 말한다. 이생에서의 빈부귀천이 모두 앞서 쌓은 업의 과보라는 것을 직접 제 눈으로 보면서도 그것으로 인과를 구할 줄 모르고 불신을 품은 채 지내다가 하루 아침에 삶을 마치게 되면 가진 재물을 모두 잃어버리는데 그것은 마치 맛을 본 뒤에야 망고를 샀다가 모두 버린 어리석은 사람과 같다.

무엇을 좀 안다고 하는 사람들에게서 흔히 나타나는 현상이 있다. 자기에게 편한 대로 이중적인 잣대를 갖는 것이다. 부처님께서도 분명 '누군가 좋다고 말했다고 해서 그것을 좋은 것으로 여기지 말라'고 말씀하셨다. 그러나 그 말이 신뢰할 수 있는 것에 대해서까지 의혹을 가지라는 말이 아닌 것 또한 사실이다.

그래서 《백유경》에서도 좋다고 했으니 무조건 좋은 것으로 믿으라고는 하지 않는다. 한 가지 사실로 미루어 다른 것의 옳고 그른 것을 알아볼 수 있어야 하고, 그것이 듣고 이해하고 실행하는 문聞·사思·수修의 올바른 과정이라고 말한다.

'복락을 얻는 것을 확인한 후에 보시의 효험을 믿겠다'고 말하는 것은 '누군가 내게 무엇을 먼저 주지 않는 한 어떤 것도 내가 먼저 다른 사람에게 주지 않겠다' 고 말하는 것과 다르지 않고 '거울 속에 비친 내가 웃는 것을 본 뒤에 나도 웃겠다'고 말하는 것이나 마찬가지다.

우리말과 어순이 다른 것을 특징으로 하는 영어에서도 '주고받기'를 'give-and-take'라고 말하지 않던가. 물은 물꼬가 열린 곳으로 흐르고 지금 위치보다 낮은 곳을 향해 흘러가게 되어 있다. 화해도 먼저 손을 내밀어야 이루어지는 것처럼 보시와 복락의 선순환도 닫혀 있는 나를 여는 것으로부터 시작된다. 자기가 가진 것을 다른 사람에게 베푸는 것이 손해라는 말은 한 번도 베풀어보지 않은 사람들이나 할 수 있는 말이다. 하나를 미루어 열을 헤아리는 것, 그것은 지혜로운 이들이 하는 일의 시작이며 또한 끝이다.

부인 둘과 함께 살다가
눈을 잃은 남자

옛날에 부인을 둘 데리고 사는 사람이 있었는데 한 부인에게 가까이하면 다른 부인이 화를 내는 바람에 이러지도 저러지도 못한 채 잠을 잘 때도 두 부인 사이에서 천장을 바라보고 똑바로 누워 자야 했다. 그런데 큰비가 내리던 어느 날 밤, 빗물이 스며든 지붕이 흙과 함께 잠을 자던 남편의 얼굴 위로 떨어졌는데, 전에 부인들과 약속한 게 있어서 얼른 몸을 일으켜 피하지도 못하고 두 눈을 모두 다쳐 실명하고 말았다.

세간의 어리석은 이들이 하는 짓도 이와 같아서 나쁜 친구들과 어울려 바르지 못한 일을 익히고 행하는 중에 몸과 마음으로 좋은 것과 나쁜 것을 가리지 못한 채 악업을 짓고 삼악도로 떨어져 끝없는 생사윤회를 반복하다가 지혜의 눈을 잃어버리는 것이 마치 부인 둘을 데리고 살다가 두 눈을 잃어버린 어리석은 남편과 같다.

결혼이라는 제도도 문화적이고 역사적인 배경을 갖는 것이라 세계 여러 곳에서 한 남자와 한 여자가 짝을 이루는 일부일처제가 주류이긴 하지만 곳에 따라 한 남자와 여러 여자가 짝을 이루는 일부다처제가 있기도 하고 한 여자와 여러 남자가 짝을 맺는 일처다부제를 유지하는 곳도 드물지만 있다.

　두 부인 때문에 눈을 잃은 남편의 이야기에서 잘못된 곳을 짚으라고 하면 부인들의 질투를 꼽는 사람도 있을 것이고 부인 둘을 데리고 산 줏대 없는 남편의 잘못을 꼽는 이도 있을 것이며 부인 둘을 데리고 살 수 있는 제도나 환경의 잘못이라고 말하는 사람도 있을 테지만 근본적으로는 역시 사람의 문제 한 가지를 말하지 않을 수 없다.

　어떤 제도든 환경이든 인연이든 간에 그런 제도나 환경, 또는 인연을 맺고 살아가는 사람들이 각자가 처한 환경과 처지를 이해하고 그 안에서 자신의 본분과 역할에 충실할 수 있다면 어리석다는 소리를 들을 만한 일은 결코 일어나지 않을 테니 말이다. 제도와 환경과 인연 등은 모두 기대하는 가능성을 높일 수 있는 조건들일 뿐 사람의 선택과 실행보다 더 중요하다고 말할 수 있는 것이 무엇이겠는가!

쌀을 훔쳐 먹으려다가
입을 찢긴 사람

옛날에 어떤 남자가 처가에서 부인이 쌀을 찧는 것을 보고 그곳으로 가 부인 몰래 쌀을 한 줌 입에 집어넣었다. 남편을 본 부인이 말을 걸었지만 입 안에 쌀이 가득 들어 있는 남편은 부인에게 쌀을 훔쳐 먹은 게 드러날까 봐 부끄러워 대꾸할 수가 없었다. 남편이 아무 말도 하지 않자 이상하게 생각한 부인이 손으로 남편의 얼굴을 만져보다가 남편의 입에 큰 종양이 있는 것으로 여기고 아버지에게 말했다.

"아범이 오자마자 입 안에 종양이 생겼는지 말을 못하네요."

딸의 말을 들은 아버지가 즉시 의사를 불러 사위의 병을 치료하게 했다.

"이 병은 대단히 위험합니다. 종양을 제거하는 수술을 해야 합니다."

말을 마친 의사가 칼로 남자의 입을 가르자 입 안에서 쌀이 쏟아져 나왔고 남편이 말을 하지 않은 사정이 들통 나고 말았다.

세상 사람들도 이와 같아서 여러 가지 나쁜 짓을 저지르고 청정한 계율을 깨뜨리고도 그 사실이 알려질까 두려워 감춰두고 있다가 지옥이나 축생, 아귀 같은 나쁜 길로 떨어지고 마는데, 그것이 마치 쌀을 훔쳐 먹은 작은 잘못을 감추려다 입이 찢어져 허물이 들통 나게 된 어리석은 사람과 다르지 않다.

거짓은 거짓을 감추기 위해 계속해서 새로운 거짓을 필요로 하고 그러는 과정에서 거짓의 가짓수가 늘어나기도 하고 거짓의 내용이 커지기도 하는데 거짓 그 자체의 대소나 경중도 작은 문제는 아니지만 거짓의 가장 큰 부작용은 거짓을 말한 사람에게 생기는 관성과 타성이다.

삶이 곧 배움의 장이라는 면에서 보면 실수나 실패는 누구에게나 일어날 수 있고 누구나 경험할 수 있는 일이다. 문제는 실수나 실패를 유용한 배움의 바탕으로 만들 수 있느냐일 것인데 그러기 위해 필요한 것이 긍정과 수용이고 긍정과 수용은 '참慚'과 '괴愧' 두 과정을 통해 이루어진다.

'참'은 다른 사람에게 자신이 한 잘못의 용서를 비는 것이고 '괴'는 자신의 실수를 자신이 스스로 뉘우치는 것이다. 실수를 부끄러워하기보다 실수를 감추려고 하는 것을 더 부끄럽게 생각해야 한다. 넘어진 것을 감추려 하거나 넘어진 데서 똑같이 넘어졌다면 모를까 넘어지는 것 그 자체는 절대로 부끄러워하거나 감출 일이 아니다.

타고 간 말이 죽었다고
거짓말을 한 사람

옛날에 어떤 사람이 검은색 말을 타고 전투에 참가했는데 다칠 것이 무서워 싸울 생각을 못하고 있다가 자기 얼굴과 몸에 피를 칠하고 쓰러진 사람들 속에 마치 죽은 것처럼 누워 있었다. 군대가 물러가면서 그가 타고 온 말을 가져가버린 터라 다른 사람의 흰색 말의 꼬리를 잘라 집으로 돌아갔다. 그가 집에 도착하자 마을 사람이 물었다.

"타고 간 말은 어떻게 하고 걸어서 오느냐?"

그가 말했다.

"타고 간 말이 싸움터에서 죽어서 꼬리를 잘라 갖고 왔습니다."

"네 말은 검은색인데 어떻게 흰색 꼬리를 갖고 왔느냐?"

그가 아무 말도 하지 못하자 사람들이 모두 그런 그를 비웃었다.

세상 사람들도 이와 같아서 적선을 하고 자비심을 기르고 술과 고기를 먹지 않는다고 말하면서도 살아 있는 것들을 죽이고 잔혹하게 때리고 고통을 주는데, 망령되게 선행을 한다고 말하지만 실은 온갖 못된 일을 저지르는 것이 마치 자기 말이 죽었다고 거짓말을 한 사람과 다를 것이 없다.

못한 것을 못했다고 말하는 데도 용기가 필요하다. 그런데 그럴 용기는 갖지 못했으면서 자랑은 하고 싶어 하는 이들이 있다. 말로는 황소라도 잡을 것처럼 큰소리를 쳐대다가 정작 때가 되어서는 모기 한 마리 제대로 잡을 솜씨도 보여주지 못한 채 뒷전으로 물러나 있었으면서 그런 사실이 알려지는 것은 싫어서 있지도 않은 거짓말을 꾸며대는 이들이다.

儒夫僅嘴說滅敵 나부근취설멸적
遠見怨敵恐叫號 원견원적공규호
戰場遇敵敬合掌 전장우적경합장
返回家中說大話 반회가중설대화

비겁한 자는 입으로만 적을 물리치고
적을 보면 멀리 떨어져 소리만 지르다가
싸움터에서 마주치면 허리 숙여 절을 하고
집으로 돌아와서는 허풍을 늘어놓는다

- 사꺄 빤디따의《선설보장론善說寶藏論 · 관우자품觀愚者品》95. [3-37] 전문

싸움터에 나가지도 않았으면서 공을 세운 사람처럼 행세하는 이들은 예나 지금이나 다를 게 없는 모양이다. 그러나 들통 나지 않는 거짓말은 없고 설사 다른 사람들이 오랫동안 몰랐다 치더라도 스스로 한 짓을 아는 자신은 언제 어디서고 결코 떳떳해질 수 없는 일이다.

무엇을 어떻게 해야 좋을지 모르는 것도 부끄러운 일이고 아는 것을 행동으로 옮기지 못하는 것도 자랑스러울 수 없는 일인데, 한 것을 안 했다고 하거나 하지 않은 것을 했다고 하는 거짓은 말해 무엇 하겠는가.

씻지 않고 씻었다고
거짓말을 한 출가자

고대 인도의 한 왕이 법을 만들었다. 나라 안의 모든 브라만들은 몸을 깨끗이 씻어야 하고 만일 몸을 씻지 않는 브라만이 있다면 힘든 일을 시키겠다는 법이었다.

그때 어떤 브라만이 빈 물통을 들고 씻지도 않은 몸을 씻었다고 거짓말을 했다. 옆에 있던 사람이 그의 빈 물통에 물을 부어주자 그가 물을 쏟아버리며 말했다.

"나는 씻지 않을 겁니다. 왕이나 실컷 씻으라고 하세요."

왕이 만든 법 때문에 힘든 일을 피하기 위해 몸을 씻었다고 거짓말을 했지만 사실 그는 몸을 씻지 않았던 것이다.

출가한 범부들이 하는 짓도 이와 같아서 머리를 깎고 먹물로 물들인 옷을 입기는 했지만 내심으로는 계율을 지키지 않으면서도 겉으로는 계율을 지키는 척하며 잇속을 챙기고 공양을 받으며 나라에서 정한 노역을 회피하고 있다.

겉으로는 출가한 수행자처럼 보이지만 속에는 거짓과 속임수가 가득 차 있으니 그 모습이 빈 물통을 들고 씻지 않은 몸을 씻었다고 거짓말하는 이와 다를 것이 없다.

종교를 찾는 이들은 종류가 다른 두 가지 바람을 품는다. 하나는 지금 모습이나 형편이 바뀌기를 바라는 것이고, 다른 하나는 지금 모습이나 형편이 바뀌지 않기를 바라는 것이다. 그렇다고 사람이 두 종류로 나뉘는 것은 아니다. 그 두 가지 바람이 누구에게나 함께하기 때문이다.

그러나 변화하기를 바라는 것에도 욕심이 담겨 있고 변하지 않기를 바라는 것에도 욕심이 담겨 있는 한 그 사람은 '이 세상에 변하지 않는 것은 없다'는 사실을 기꺼이 수용하지 못한다.

불행해지려고 종교를 갖는 이가 없을 것이고 지금 같은 자기 모습을 지키기 위해서만 종교를 찾는 이도 없을 것이지만 종교를 만난 뒤로 행복해졌다고 생각하는 이가 드물고 종교를 가진 뒤로 자신이 달라진 것을 실감하는 이를 만나기 어렵다.

대개가 종교라는 허울을 뒤집어쓰고 있을 뿐 종교가 곧 일상이 되는 삶을 살아내지 못해서일 것이다. 문제는 적극적으로 길을 찾아 나선, 이른바 종교지도자라고 불러야 할 이들의 달라지지 않은 삶이다. 누구보다 변화를 실감하고 변화된 사람으로 변화된 삶을 살아야 할 이들이 보여주는, 길을 찾아 나서기 전과 하등 달라진 것 없는 위선적 삶은 그것이 한 사람의 잘못된 삶으로만 귀결될 수 없어서 더욱 심각한 문제가 된다.

　'변화'의 힘이 '네 자신'에게 있다고 말하지 않는 가르침이 없다. 그런데도 그런 가르침을 왜곡 없이 전하는 종교지도자가 많아 보이지 않는다. 종교를 갖지 않고도 종교와 가까이 지내는 이보다 더 나은 삶을 사는 이들이 많다는 것은 누구라 할 것 없이 종교계가 처한 가슴 아픈 현실이 아닐 수 없다. 시원한 가을바람 같은 선지식의 한 말씀이 그립다.

낙타와 항아리를
함께 잃은 사람

옛날에 어떤 사람이 항아리에 곡식을 가득 채워두었다. 그런데 낙타가 항아리 속에 머리를 파묻고 곡식을 먹어버린 후에 항아리에서 머리를 빼지 못하자 걱정이 되었다. 그때 한 노인이 와서 그에게 말했다.

"걱정할 것 없네. 내 말대로만 하면 손쉽게 낙타 머리를 빼낼 수가 있네. 칼로 낙타 머리를 잘라버리면 될 것 아닌가?"

그는 노인의 말을 듣고 칼로 낙타의 머리를 잘랐는데 낙타가 죽어버리자 결국 항아리도 깨야 했다. 어리석은 이 사람은 세간의 웃음거리가 되었다.

어리석은 이들이 하는 일이 이와 같다. 일심으로 깨닫기를 바라고 성문, 연각, 보살의 도과를 구하려면 마땅히 계를 지녀 악행을 멈추어야 하는데 재물과 명예는 물론 먹을 것과 쾌락에 빠져 지켜야 할 계율을 깨뜨리는가 하면 깨뜨린 것도 모자라 할 수 있는 온갖 악행을 저지르며 삼승의 도과와 청정한 계율을 모두 잃어버리는데 앞에서 얘기한 낙타와 항아리를 함께 잃어버린 어리석은 사람이 저지른 짓과 다를 것이 없다.

'불교에 반감 넘어 혐오'

얼마 전, 한 인터넷 불교매체에 굵직한 글씨로 적힌 기사 제목이다. '반감反感'이 불교 밖에서 나타난 현상이 아니고 '혐오嫌惡' 역시 불자가 아닌 사람들에게서 나타난 조짐이 아니라는 데에 문제의 심각성이 있는데 그동안 문제로 지적되어온 것들이 개선되기는커녕 그런 기대마저 접게 하는 사건이 벌어진 데 따른 반사적 현상인데도 문제를 일으킨 쪽에서는 문제의 심각성을 지적하는 소리를 귀담아 들으려고도 하지 않는 듯하다.

'공업共業'이라는 말에 대해서도 생각해볼 여지는 있다. 그러나 설사 그럴 여지가 있다는 말이 타당하다 하더라도 그 말이 일어난 사태의 정당성까지 보장해줄 수는 없는 일이다. 그럴수록 때가 익기를 기다렸어야 하는 일이었고 한두 그룹의 생각보다 대중의 합의를 이루어 처리했어야 할 일이었다. 그것이 부처님의 법을 따라 사는 사람들의 합당한 처신이고 행동일 것이기 때문이다.

작은 것을 욕심내다 큰 것을 잃기는 승僧과 속俗이 다르지 않고 잘못된 생각으로 하나만 바라보다가 여럿을 함께 잃는 사고를 저지르는 것도 어리석은 이들이 가진 공통점이다. 어려운 때일수록 처음을 생각하고 다른 사람의 입장을 생각할 수 있어야 한다. 이기는 것만 보다 보면 지는 것을 보지 못한다. 때로는 지는 것이 승리를 취하는 바른길이 될 수도 있다.

문제는 물러서더라도 저마다 포기해버리는 형식이 아니라 하나로 모아져 양보하는, 드러나지 않은 힘을 보여주는 방식을 취할 수 있느냐 하는 데 있다. 몽둥이는 휘둘러야만 맛이 아니다. 정말로 무서운 것은 정체를 알 수 없는 몽둥이를 마련할 수 있는 능력을 알게 하는 것이며 누구나 공감할 수밖에 없는, 바른 말씀으로 이루어진 믿음직한 몽둥이를 만들어내는 일일 테니 말이다.

공주를 사랑한
농부

한 농부가 도회지로 나가 구경을 하다가 그 나라 공주를 보았는데 일찍이 본 적 없는 아름다운 모습이라 밤낮으로 공주를 생각하며 쏠리는 마음을 어찌하지 못했다. 공주와 사귀고 싶은 마음이 간절하였으나 그럴 수가 없어 얼굴빛이 누렇게 뜨고 마침내 병이 되고 말았다. 친척들과 마을 사람들이 모두 어찌된 일이냐고 연유를 묻자 그가 말했다.

"내가 어제 임금님의 딸을 봤는데 어찌나 곱고 아름답던지 사귀고 싶은 마음이 굴뚝같았으나 그럴 수 없어 병이 되고 말았습니다. 끝내 공주와 사귈 수 없다면 나는 필시 죽고 말 것입니다."

친척들이 입을 모아 말했다.

"우리가 네 바람이 이루어질 수 있게 좋은 방법을 생각해볼 테니 너무 걱정하지 말거라."

그러고는 얼마 있다가 다시 와서 그에게 말했다.

"우리가 너를 위해 이런저런 방법을 다 해봤는데 공주님이 그럴 생각이 없다는 구나."

그러나 농부는 그 말을 듣고도 웃으면서 자기 바람이 꼭 이뤄질 것이라고 말했다.

세상의 어리석은 사람들도 이와 같아서 봄·여름·가을·겨울 때를 가릴 줄 모른 채 겨울에 씨를 뿌린 뒤 과실을 얻기를 바라다가 공을 들인 보람도 없이 수확은커녕 새싹과 줄기와 가지와 잎 모두를 잃어버린다. 세상 사람들은 복이 될 만한 일들은 많이 하지도 않았으면서 모든 것이 갖춰진 것처럼 말하고 깨달음을 이룬 것처럼 말하는데 공주에 대한 자기 바람이 이루어질 것을 믿는 어리석은 농부와 다를 것이 없다.

농부이기 때문에 공주와 사랑할 수 없다는 말을 하는 것이 아니다. 불상 앞에 무릎 꿇어 절하는 사람이 많고 불보살에게 이루고 싶은 것을 구하는 사람은 많아도 스스로 부처로 살아갈 마음을 내는 사람을 찾아보기 어렵다. 그러니 '천상천하유아독존天上天下唯我獨尊'은 입에 발린 말일 뿐 '나' 귀한 것은 알아도 '남' 귀한 것을 인정할 줄 모르고 당연하게 그 뒤에 따라오는 부처로서 해야 할 일, '온 세상 모든 괴로운 이들을 편안하게 하는 일(삼계개고아당안지三界皆苦我當安之)'을 자신이 해야 하는 일로 인식하지 못한다.

'종교가 세상을 걱정하기보다 세상이 종교를 더 걱정한다'는 말보다 더 종교인과 신앙인들을 무참하게 만드는 말이 있을까 싶다. 모두가 바깥세상과 다른 것을 너무 많이 잃어버렸기 때문이고 바깥세상과 같아진 것들이 너무 많아져서 생긴 현상이다. 다른 세상에 다른 사람과 달라지는 사람들이 살지 않고, 이름만 다른 세상에 달라지지 않은 사람들이 살고 있어서 생긴 현상이다.

농부는 공주와 맺어질 수 없다는 말을 하는 것이 아니다. 아름다운 공주를 본 사람 누구라도 공주와 맺어지기를 꿈꿀 수는 있다. 그러나 그 바람을 이루기 위해서는 그에 어울리는 노력을 기울여야 하고 거기에 여러 가지 조건들의 도움까지 있어야 한다. 지혜로운 농부였다면 어떻게 했을지 상상해보는 것도 좋을 것이다. 어찌 할 줄 몰라 전전긍긍하다가 앓아 눕는 것은 답이 될 수 없고 그런 중에도 잘못된 생각을 바꾸지 않는 것은 더욱 할 일이 아니다. 자기가 누구인지 공주가 알게 하는 무슨 일이라도 시작해야 할 것이고 자기뿐 아니라 다른 사람들에게도 이로움을 주는 그 일을 다른 어느 누구도 따라올 수 없게 지성으로 꾸준하게 하는 것이 바른 선택이다. 바람이 이뤄지고 안 이뤄지는 것이야 삶의 끝에서나 알 수 있는 일일 테이고.

수나귀에게서
젖을 짜려고 한 사람들

옛날 변방의 어느 나라에 나귀에 대해 모르는 사람들이 살았다. 그들은 나귀의 젖이 맛 좋다는 소문만 들었을 뿐 나귀의 젖을 먹어본 적은 없었다. 그러다가 수나귀 한 마리를 얻게 되자 서로 먼저 젖을 짜려고 다투어 아무것이나 붙잡았다. 어떤 사람은 머리를 잡고, 어떤 사람은 귀를 잡고, 어떤 사람은 꼬리를 잡고, 어떤 사람은 다리를 잡고, 또 어떤 사람은 나귀의 생식기를 잡고서 서로 먼저 젖을 먹어보려고 했다. 생식기를 붙잡고 있던 사람은 '이게 젖인가 보다' 라고 소리까지 지른 뒤 젖이 나오기를 바라며 쥐어짜기 시작했다. 그러나 수나귀에게서 젖을 얻으려고 했던 그들 모두 헛심만 쓰고 아무것도 얻지 못한 채 세상 사람들의 웃음거리가 되고 말았다.

외도 범부들이 하는 짓도 마찬가지다. 도를 닦는 것에 대해 소문만 들었을 뿐 어떻게 실천해야 하는지는 알지 못한 채 엉뚱한 곳에서 망령스로운 생각으로 이런저런 잘못된 소견을 갖게 되는데, 옷을 입지 않거나 먹지 않고 굶거나 낭떠러지에서 뛰어내리거나 불 속으로 뛰어드는 등의 방법으로 도를 얻으려고 하다가 삼악도로 떨어지고 마는 것이 마치 수나귀에게서 젖을 짜서 마시려고 했던 어리석은 사람들과 다를 것이 없다.

개원 연간에 사문 도일道一이 절에서 날마다 하루 종일 좌선을 했다. 도일이 법기法器가 될 것을 알고 있던 회양懷讓이 도일에게 물었다.

"스님은 무엇 때문에 좌선을 하시오?"

도일이 말했다.

"부처가 되려고 그럽니다."

회양이 벽돌을 한 장 갖고 오더니 바위에 대고 갈기 시작했다. 도일이 그것을 보고 물었다.

"스님께서는 지금 무엇을 하고 계십니까?"

"거울을 만들어볼까 하오."

"벽돌을 갈아서 어떻게 거울을 만든다고 그러십니까?"

회양이 이상하다는 눈길로 바라보는 도일의 얼굴을 마주보며 말했다.

"좌선만 해서 어떻게 부처가 될 수 있겠는가?"

- 《경덕전등록景德傳燈錄 · 남악회양南岳懷讓》 중에서

다른 종교적 가르침까지 말할 필요도 없다. 불법佛法 안에서, 그것도 큰 깨달음을 이룬 선각자의 수행에서도 이런 오류가 생긴 것을 알아야 한다. 크게는 '내가 따르는 가르침'에는 허물이 없다는 생각으로부터 작게는 잘못된 방법이 '나'의 밖에 있다는 생각까지 그 모든 것들이 바른 수행을 어그러지게 하는 장애물이다. 그러므로 들여다보고(관觀) 살피고(찰察) 돌아보는(성省) 것이야말로 수행자가 갖춰야 할 기본이자 요체라 할 수 있을 것인데, 그런 뒤에야 맘과 말과 몸으로 지어내는 모든 의도와 행위에 어그러짐이 없을 것이기 때문이다.

아버지 말을 듣지 않고
길을 간 아들

옛날에 어떤 사람이 밤중에 아들에게 말했다.

"내일 아침 날이 밝으면 나랑 함께 저 마을로 가서 가져오려고 했던 것을 가져오자."

아버지 말을 들은 아들은 다음날 날이 밝자 아버지가 무엇을 가져오려고 했는지 물어보지도 않고 혼자 마을로 갔다. 그러나 마을에 도착은 했지만 몸만 피곤하고 챙긴 것은 아무것도 없었다. 또 밥도 먹지 못한 데다가 목까지 말라 거의 죽을 지경이었다. 할 수 없이 갔던 길을 돌아와 아버지를 찾아갔다. 돌아온 아들을 보고 아버지가 심하게 나무랐다.

"지혜라고는 하나도 없는 어리석은 녀석아, 어째서 나와 함께 가지 않고 혼자서 먹지도 못하고 헛걸음을 해서 세상의 웃음거리가 되었느냐?"

속세의 범부들도 마찬가지다. 출가하여 머리와 수염을 깎고 세 종류의 가사를 입고 살면서도 지혜로운 스승을 찾아 제대로 된 배움을 받으려고 하지 않아 선정과 도품의 공덕을 잃고 사문으로서 마땅히 지녀야 할 바른 가르침의 과보조차 얻지 못한다.

아버지 말을 듣지 않고 헛걸음을 한 어리석은 아들이 마치 출가한 수행자로 살면서 아무런 소득도 없는 이를 닮지 않았는가?

자리나 이름 같은, 모양이나 소리에만 의지해서 살려고 하는 사람들이 흔하기는 진속眞俗의 세계 어디에서나 마찬가지인 모양이다. 그러니 되로 배워 말로 풀어먹는 이들이 생겨나게 되고 그런 사람들이 그럴싸한 자리들을 꿰차고 앉아 세상을 밝히고 맑힐 기운이 힘을 쓰지 못하게 만들어버리는 것일 게다. 그러고도 그이들이 입만 열면 '법'의 '말씀'을 토한다. '나'와는 상관없고 오직 '너'의 삶과 행위만을 대상으로 한, 자신의 삶에 아무런 변화의 동력이 되지 못하는 속이 빈 '말씀'이다.

자리에도 이름에도 저마다 어울리는 '값'이 있다. 부처님의 가르침 따라 살겠다고 새로운 길로 들어섰다면 마땅히 그 길을 가는 사람에 어울리는 삶을 살 수 있어야 한다. 하루 중에 '덕분'이라는 말보다 '탓'이란 말을 더 하면서 사는 것은 아닌지, 아침에 화를 내며 몸을 덥히고 저녁에 원망으로 몸을 식히면서 사는 것은 아닌지, 불자로 살면서도 여전히 다른 사람의 삶 따위는 안중에 두지 않고 살고 있는지 출가 여부를 떠나 불자라면 마땅히 살피고 돌아봐야 할 것들이다.

왕의 의자를
짊어지게 된 신하

옛날에 한 왕이 걱정 없는 동산에서 즐겁게 지낼 요량으로 한 신하에게 말했다.

"내가 동산에서 걷다가 앉아 쉬려고 하니 그대가 앉을 것 하나를 가져가거라."

작은 의자 한 개를 들고 왕을 따르기가 부끄러웠던 그는 왕에게 말했다.

"들고 가기보다는 차라리 지고 가겠습니다."

그 말을 들은 왕은 그에게 의자 서른여섯 개를 등에 져서 동산까지 나르게 했고, 그 일이 알려지자 어리석은 그 사람은 세상의 웃음거리가 되었다.

번뇌를 떨치지 못한 사람들도 그와 같아서 여인의 머리털 한 올이 땅에 떨어져 있는 것을 보면 자기는 계율을 지켜야 하는 사람이라고 하면서 그것을 치우려고 하지 않는다.

그러다가 나중에는 번뇌를 떨쳐내지 못한 채 털이나 손발톱, 치아와 똥오줌 같은 서른여섯 가지 더러운 것들로 이루어진 몸뚱이에 얽매여 그것이 얼마나 더러운 것인지 모르고 죽을 때까지 놓아버리지 못하니 그것이 의자를 등에 지고 나른 어리석은 사람과 다를 것이 없다.

사람들이 무슨 일을 할 때마다 생각하는 것이 있다. 시쳇말로 '사회적인 지위와 체면'이라고 하는 것이다. 그런데 그럴 때마다 사람으로서 해야 할 도리는 놓쳐버리기 일쑤다. 작은 것에 얽매여 큰 것을 놓쳐버리기 때문이다.

한 걸음으로 십 리나 되는 길을 건너갈 수 있는 사람은 없다. 한 걸음을 내디디지 않고 먼 길을 갈 수 없는 것은 이름과 지위에 상관없이 어느 누구라도 마찬가지다. 임금이든 백성이든 부자든 빈자든 사람이라는 이름보다 더 큰 이름일 수 없고 신참이든 구참이든 수행자보다 더 큰 이름일 수 없다.

큰일이라도 해야 할 일 하는 것을 마땅하게 여기고 잘못 저지른 일은 아무리 사소해도 부끄러워할 줄 알아야 한다. 마라톤을 처음 시작하는 사람도 첫 걸음을 떼는 것부터 시작하고 마라톤 코스를 몇 차례나 완주한 사람이라도 그 시작은 달라지지 않는다. 타고난 재능도 계발해주지 않으면 사장되고 마는데 게으르고 어리석은 수행자가 어떻게 있지도 않은 지혜를 갖출 수 있을 것인가.

관장약을 잘못 먹은
사람

어떤 사람이 변비가 생겨 의사를 찾았다. 의사가 말했다.

"관장을 하면 좋아질 수 있습니다."

그러고는 관장에 사용할 여러 가지 기구들을 가져오고 환자의 장을 씻을 준비를 했다. 의사가 자리를 비운 동안 이 사람이 약을 먹었는데 복부가 팽창하면서 거의 죽을 지경이 되었다. 의사가 돌아와 그것을 보고 이상하여 물었다.

"어쩌다 이렇게 되었소?"

"조금 전에 관장약을 먹었는데 죽을 것 같습니다."

의사가 그 말을 듣고 환자를 크게 나무라며 말했다.

"이렇게 어리석을 수가 있나. 항문을 씻을 때 쓸 약을 먹어버리다니."

그러고는 다른 약을 먹여 환자가 먹은 것을 토하게 했더니 아픈 것이 사라졌다. 어리석은 환자는 세상 사람들의 웃음거리가 되었다.

세속의 범부들이 하는 짓도 이와 같아서 여러 가지 선관禪觀을 배우고 싶어 하면서도 부정관不淨觀을 해야 할 때 수식관數息觀을 하고, 수식관을 해야 할 사람이 반대로 지地·수水·화火·풍風·공空·식識 여섯 가지가 일시적으로 만나 이루어진 몸뚱이의 부정不淨과 가합假合을 본다. 이렇게 위아래가 바뀌고 그 안에 담긴 근본적인 뜻을 이해하지 못한 채 좋은 시기를 허비하며 그것들에게 오히려 얽매여버린다. 스승을 찾아 묻지 않고 잘못된 선법으로 수련을 하는 것은 어리석은 사람이 관장약을 먹어버리는 것과 같다.

'정보의 홍수' 속을 살고 있다 해도 지나치지 않는 시대다. 건강이든 음식이든 여행이든 패션이든 몰라서 못하는 것 이상으로 아는 것이 많아서 생기는 병폐들도 있다.

의사들은 환자들이 의사의 말을 귀담아 듣지 않는다면서 걱정하고 환자들은 의사들이 자기가 아는 것만큼도 시원하게 말해주지 않는다고 불평한다. 그래서 중요한 것이 '정보'라고 하는 것들을 대하는 태도다. 세상의 법칙 어떤 것도 양면성을 지니고 있는 것처럼 '앎' 또한 '알아서 병'이 되기도 하고 '모르는 게 약'이 되기도 하기 때문이다.

환자에게 좋은 환자가 있고 그렇지 못한 환자가 있을 수 있다면 의사 역시 좋은 의사와 덜 좋은 의사가 있을 수 있고 그런 관계와 관계 속의 상대적 대치는 거미줄 같은 관계의 망 속에서 살아가는 우리 누구도 예외일 수 없다.

중요한 것은 자신이 어떤 사람을 만나느냐 하는 것보다 자신이 지금 어떤 상태인가를 아는 것이다. 모든 관계는 자신으로부터 시작되며 자신의 현재 상태가 좋은 만남과 나쁜 만남을 가르는 기준선이 된다. 믿고 따르면서도 맹목이 되지 않기가 어디 쉬운 일이겠는가.

곰에게 아들을 물린
아버지

오래전 어느 마을에서 아버지와 아들이 함께 일행 속에 섞여 길을 가고 있었다. 그런데 숲에 들어간 아들이 곰에게 할퀴어 몸을 다친 뒤 황급히 아버지가 있던 곳으로 돌아오자 놀란 아버지가 아들에게 물었다.

"어쩌다 이렇게 되었느냐?"

아들이 아버지에게 말했다.

"무엇인지는 모르지만 몸에 긴 털이 난 것 때문에 이렇게 되었습니다."

활과 화살을 챙겨 들고 숲으로 들어간 아버지가 한 선인을 만났다. 아들이 말한 대로 몸에 난 털이 아주 긴 것을 보고 즉시 활을 쏘려고 하자 옆에 있던 사람이 말했다.

"어째서 그 사람을 쏘려고 하시오? 그이는 아무 해도 끼치지 않을 사람이오. 혼을 내더라도 당신 아들을 다치게 한 것을 혼내줘야 마땅한 일 아니오?"

세상의 어리석은 이들이 하는 것도 이와 같다. 수행자의 옷을 입은 사람에게 욕된 일을 당했다고 해서 덕이 있고 선량한 사람에게 함부로 해로운 일을 하려 한다면 그것은 곰에게 물린 아들의 아버지가 신선을 해치려 했던 것과 다를 것이 없다.

사람으로 태어나 사람 같지 않은 삶을 사는 사람이 있는 것처럼 출가한 수행자 복장을 하고 다니면서도 수행자답지 않은 삶의 방식을 보여주는 사람이 있을 수 있고 그러기는 인종과 집단이 다른 곳에서도 별반 다를 것이 없다.

문제는 그러한 행위를 보는 사람의 안목이다. 어떤 사람은 한 사람의 행위를 그 사람만의 행위로 보는가 하면 또 어떤 사람은 한 사람의 행위를 집단 전체의 행위로 부풀려 이해하기도 한다.

처벌處罰과 처방處方으로 대표되는 법法과 약藥의 운용에 있어서 중요한 것은 저지른 잘못에 합당한 벌을 내리고 앓고 있는 질환을 낫게 할 수 있는 약을 쓰는 것이다.

그러나 법을 운용하고 약을 처방하다 보면 의도적인 잘못이 개입되거나 뜻하지 않은 사고가 생길 수도 있는데 그렇다고 법과 약의 효용 자체를 인정하지 않거나 약과 법의 운용체계 판 자체를 깨부수려고 하는 것은 잘못이다. 실수는 반복되지 않도록 하고 의도된 잘못은 응분의 처벌을 내리면 된다.

송사리는 송사리고 잉어는 잉어다. 송사리 천 마리가 있어도 한 마리 잉어의 이름값을 하지 못한다. 지혜로운 이는 낙엽 한 잎으로 가을을 알아보기도 하고 미꾸라지 한 마리로는 바다를 흐리게 할 수 없다는 것도 헤아릴 줄 안다.

엉뚱한 방법으로
밭에 씨를 뿌린 농부

옛날에 한 농부가 있었는데 다른 밭에서 잘 자란 보리를 보고 그 주인에게 물었다.

"어떻게 하면 이렇게 보리가 잘 자랄 수 있습니까?"

주인이 말했다.

"땅을 평평하게 골라주고 거름과 물을 주었더니 잘 자라게 되었소."

농부는 자기가 들은 대로 밭을 고르고 거름과 물을 뿌린 뒤에 보리 종자를 뿌리려고 하다가 씨를 뿌릴 때 자기 발로 밟은 땅이 단단해져서 싹이 잘 나오지 못하게 될 것이 염려되었다. 그래서 평상 위에 앉아 씨를 뿌릴 생각으로 다른 사람 넷을 시켜 평상 다리를 하나씩 들게 하고 자신은 평상 위에 앉아 씨를 뿌렸다. 땅은 농부가 걱정했던 것보다 더 단단해졌다. 자신의 두 발로 밟은 땅이 단단해질 것을 걱정했던 사람이 다른 사람의 여덟 개 발로 땅을 밟게 한 셈이 되자 사람들이 모두 농부의 어리석음을 비웃었다.

범부들도 이와 같다. 계율의 밭에서 수행을 하며 장차 싹이 잘 나오게 하려면 마땅히 스승에게 묻고 스승의 가르침에 따라 행하며 법의 싹이 잘 자라게 해야 하는데, 도리어 스승이 하지 말라고 한 것들을 행하고 수많은 악행을 저지르며 계율의 싹이 자랄 수 없게 해버리니 그것이 마치 자신의 두 발로 밟은 땅이 단단해질 것을 걱정한 농부가 발을 여덟 개로 늘려버린 것과 하나도 다를 게 없다.

　보리를 잘 키우는 방법을 배운 농부가 배운 대로 밭에 씨를 뿌리려다 보니 걸리는 게 있었다. 넓은 밭에 씨를 뿌리려면 밭을 밟으며 옮겨 다녀야 하는데 그렇게 하면 자신이 밟고 지나간 땅이 단단해져서 씨앗이 싹을 틔우고 자라기가 어려울 것이라고 생각한 것이었다. 그래서 생각해낸 것이 땅을 딛지 않고 씨를 뿌리는 방법이었고 그러기 위해 자신이 앉은 평상을 네 사람을 시켜 들고 옮겨 다니게 한 것이었다.

　결론부터 말하자면 발 두 개로 밭을 밟는 것이 걱정되어 생각해낸 방법이 오히려 발 여덟 개로 밭을 밟게 하는 모양이 되고 만 것이었다. 농부는 두 가지에 대해 생각이 깊지 못했다. 하나는 생산을 위한 어떤 방법에도 손실이란 것이 없을 수 없고, 또 하나는 그 손실을 줄이기 위해서는 원인의 경우를 줄이는 것 이상으로 좋은 방법이 없다는 것이다.

말하자면 농부는 씨를 뿌리기 위해 밭을 밟아야 하는 것을 손해로 생각하지 말았어야 했고 자신이 직접 하는 것이야말로 발자국 수를 최소화할 수 있는 방법이라는 것을 알았어야 했다.

깨는 것이 두려워 계戒를 받지 않는다고 하는 이들이 있다. 그러나 이것을 평상 위에 앉아 씨를 뿌린 농부의 이야기에 비춰 생각해보면 계행을 통해 이루어지고 쌓일 덕행과 공덕을 위해서는 깨질 것을 각오하고서라도 계를 받는 것이 설사 한두 가지 계율을 지키지 못하더라도 나머지를 지키는 삶을 사는 동안 자신의 생각과 말, 그리고 행위에 보탬이 되게할 수 있다.

지혜로운 농부라면 씨를 뿌리는 것과 아무 상관없는 타인을 동원하기보다 자신이 밟는 땅이 보리 생산에 영향을 주지 않는 방법을 강구했을 것이다. 수행자의 경우에도 마찬가지다. 어리석은 이는 깨뜨릴 것이 걱정되어 계를 받지 않으려 하고 계를 받고서도 깨뜨렸을 때를 포기의 단초로 삼아버리지만 지혜로운 수행자는 계율을 지키지 못했을 때를 포기하는 핑계거리로 만들기보다 그렇게 된 사정과 까닭을 살펴 나중에 같은 잘못을 되풀이하지 않는 계기로 삼는다.

부처처럼 살기를 바란다 해도 부처는 되는 일이 아니라 닮아가는 길이며 닮아가는 길이란 끝도 없이 실패의 수를 줄여 성공을 늘려가는 길일 뿐이다.

엉뚱한 곳에 화풀이한
원숭이

옛날에 원숭이 한 마리가 있었는데 자기가 어찌해볼 수 없는 어른에게 매를 맞은 뒤 그 원망을 자기보다 힘이 약한 어린아이에게 터뜨렸다.

어리석은 범부들이 하는 짓도 이와 같아서 자기보다 강한 사람에게 당한 원망을 자기보다 약한 다른 사람에게 풀어버리는데, 화를 내고 원망했던 사람들이 끊임없이 진행되는 변화 속에 죽은 사람이 되어버린 뒤에도 뒤를 이어 태어난 사람들의 부질없는 분노와 원망 때문에 그 해악이 더욱 깊어지는 것이 마치 어리석은 원숭이가 어른에게 매를 맞은 뒤 어린아이에게 분풀이를 하는 것과 같다.

최근 몇 년 동안 우리 사회에서 '갑질' 논란이 끊이지 않고 벌어지고 있다. 현상적으로는 '갑'이라는 대상이 특정한 그룹으로 한정되어 있는 것처럼 보이지만 '갑'과 '을'은 그와 같은 절대적 개념이 아니다.

이 세상 그 누구도 절대적인 강자일 수 없고 마찬가지로 절대적인 약자라고 할 수도 없기 때문이다.

그런 점에서 다른 모든 부정적 의미를 지닌 '갑질' 또한 특수한 조건 아래서 일어나는 한시적이고 제한적인 현상일 뿐이고 그 악순환의 연결을 끊는 것은 중간에 있는 어떤 고리 하나가 앞에서 받은 것을 뒤로 전하지 않을 수 있을 만큼 깨어 있는 것이다.

왜냐하면 고리에서 고리로 전해지는 모든 '갑질'이란 이른바 무명無明과 미망迷妄의 결과로 나타나는 것이고 장난으로 시작해서 싸움으로 번지고 마는 뺨 때리기 게임처럼 보복의 감정들은 뒤로 전해질수록 더욱 커지고 깊어질 수밖에 없기 때문이다.

깨어 있다는 것은 앞에서 받은 것을 뒤로 전하지 않을 수 있는 것을 말하고 그것은 자신의 사적인 감정이나 잇속에 휘둘리지 않는 상태, 나아가 손해보다 더 큰 다중의 이익을 생각할 수 있는 상태를 말한다. 혼자서만 손해를 볼 수 없다는 생각으로 남들이 하는 것을 따라서 하는 사람이 어떻게 다른 사람과 달리 되기를 바랄 수 있을 것인가.

달빛이 사라지자
엉뚱하게 개를 때린 사람들

옛날에 아수라왕이 빛이 너무 밝다고 생각하여 달을 손으로 가려버렸다. 무지한 사람들은 그것을 알지 못하고 하늘에 있는 개가 달을 먹어버렸기 때문이라고 생각하면서 아무 잘못도 없는 개를 흠씬 두들겨주었다.

범부들이 하는 짓도 이와 같아서 탐욕과 성냄과 어리석음으로 이유 없이 자신의 몸을 괴롭히는데, 가시나무 위에 드러눕거나 불로 자기 몸을 지지는 것들이 월식이 생겼다고 잘못도 없는 개를 때리는 것과 다르지 않다.

어떤 사태든 제대로 된 해결 방법이 없는 경우는 없다. 그러나 우리가 살면서 봐온 것처럼 바른 해결 방법을 두고도 그 길을 가지 못하는 경우는 비일비재하다. 그 길을 가다가 만나게 될 감당하기 힘든 벽에 대한 두려움이 있기도 하고 잘못 알려진 것을 따라 잘못된 길을 가면서 헤매게 되는 경우도 있다.

두 가지 경우 모두 그렇게 되기를 의도하는, 잘못을 저지르고도 그에 대해 책임지려 하지 않는 힘센 이들이 있기 때문이다. 그러는 가운데 악행은 위로부터 아래로 차례로 학습되고 전파된다.

　무지하고 겁 많은 사람들이 개를 때린 마당에 힘 센 개가 어린 강아지나 저보다 작은 다른 짐승들을 물지 않을 이유가 없다. 그러니 잘못된 것에 휩쓸리지 않을 만큼 깨어 있는 이들이 늘어나지 않고서는 힘 가진 이들의 잘못된 의도를 결코 무력하게 할 수가 없다.

　자기 앞에 있는 것들보다 자기 뒤에 있는 것들을 생각하며 자기가 보고 듣고 당한 것들을 모두 자신에게서 끝을 내겠다는 미움을 내려놓은 한 사람의 다짐이 세상을 바꾸는 동력의 토대가 될 것이라 믿는다.

눈이 아플 것을 걱정하며
눈을 없애려 한 여인

옛날에 한 여인이 눈이 몹시 아파서 고생을 겪고 있었는데 친구가 그녀에게 물었다.

"눈이 그렇게 많이 아파?"

그녀가 말했다.

"말도 못하게 아파."

친구가 말했다.

"눈이 있으면 반드시 아프게 될 거야. 내가 지금은 눈이 아프지 않지만 나중에 언제든 아프게 될 테니 눈을 빼버려야겠다."

옆에서 두 여인이 주고받는 이야기를 듣고 있던 사람이 말했다.

"눈이 있으면 아플 수도 있고 안 아플 수도 있지만, 눈이 없으면 살아 있는 내내 고통스러울 것이다."

어리석은 이들이 하는 짓도 이와 같다. 재물과 명예는 줄어들게 마련이고 재앙의 원천이 된다는 말을 듣고서 두려워하며, 재물이 불어나면 불어날수록 그로 인해 점점 더 큰 두려움에 사로잡힌다. 그때 어떤 사람이 나서서 그에게 "보시를 하면 괴로울 수도 있고 즐거울 수도 있지만, 보시를 하지 않는다면 더욱 큰 괴로움을 당할 것이다."라고 말한다. 마치 어리석은 여인이 나중에 아플 것을 걱정하면서 지금 아프지도 않은 눈을 뽑아버리고 평생을 괴롭게 사는 것과 다를 것이 없다.

재물이 많다면 그건 참 행복한 일이다. 그런데 생각해보면 수많은 괴로움과 비극은 재물에서 비롯된다. 많이 가지고 있으면 그만큼 더 힘들어지는 것이다. 절대적인 빈곤이야 모두가 나서서 해결해야 하지만 말이다.

어차피 줄어들고 사라지고 빼앗기는 것이 재물의 속성일진대, 사람들은 재물을 가지고 전전긍긍하고, 그러면서도 그 재물을 가지고 좋은 일한 번 해보지도 못한 것을 또 후회한다.

재물을 가지고 할 수 있는 가장 좋은 일은 단연코 베풂, 즉 보시다. 재물을 가지고 있으면 좋은 일도 있고 힘든 일도 있지만 재물을 가지고 남에게 베풀면 즐겁고 행복한 과보가 따라오는 것이 이치라는데, 이왕이면 베풀자. 버느라고 힘들었고 지키느라 힘들고 남보다 티나게 즐기느라 그것도 힘들다면, 기쁜 마음으로 베풀자. 베풀면서 즐겁고 보시의 과보가 즐거우니 이 또한 즐겁지 않겠는가.

여든여섯 번째 이야기

귀고리를 지키려고
아들의 목을 베어버린 아버지

옛날에 아들과 아버지가 함께 길을 가고 있었는데 갑자기 강도들이 나타나 그들이 가진 귀한 물건을 빼앗으려고 하였다. 아들은 귀에 금으로 만든 귀고리를 하고 있었는데 강도들에게 빼앗길 것을 두려워한 아버지가 손으로 아들의 귀고리를 당겨보았지만 귀고리가 끊어지지 않았다. 아버지는 귀고리를 지키기 위해 아들의 목을 잘라버렸다. 강도들이 떠난 뒤, 아버지는 아들의 머리를 어깨 위에 붙여보려 했으나 목을 베기 이전으로 돌릴 수는 없었고, 어리석은 아버지는 세상 사람들의 웃음거리가 되었다.

범부들이 하는 짓도 이와 같아서 명예와 잇속을 위해 선법을 증진하지도 못하고 내용도 없는 말들을 지어낸다. 즉, 현세와 후세가 있다고 말하기도 하고 없다고 말하기도 하고, 죽은 뒤에 새로운 몸을 받기 전까지 중음신이 있다고도 하고 없다고도 하고, 마음의 작용이 있다고도 하고 없다고도 하는 등 여러 가지 망상의 말들을 늘어놓으며 참된 불법을 깨칠 수 없게 만드는데, 다른 사람이 부처님의 말씀으로 그들의 망상을 깨뜨리기라도 하면 그런 말은 자기가 아는 것 안에 있지 않다고 말한다.

이렇게 보잘것없는 명예와 잇속을 위해 터무니없는 말들을 늘어놓음으로써 사문으로서 갖춰야 할 도과를 잃어버린 채 생을 마치는 순간에 삼악도로 떨어지고 마는 사람들은 작은 이익을 지키기 위해 아들의 목을 잘라버린 어리석은 사람과 같다.

바른 가르침을 배운 수행자의 도리란, 배운 대로 아는 대로 살고 배운 대로 아는 대로 다른 사람에게 전하는 것이다. 배운 것을 배운 대로 말하면 자신에게 어떤 이로움이 있을지를 생각하는 순간, 공덕이 되고 선업이 될 '호사好事'에는 '마魔'가 끼고 만다. 더 나아가 사람들의 허약한 마음을 튼튼하게 하려는 부처님의 가르침을 자신에게 이로운 결과를 가져오게 하기 위해 허약한 마음에 겁을 주는 것으로 악용한다면 공덕은 오히려 악덕이 되고 선업은 도리어 악업이 되고 만다.

부처님의 가르침을 배운 수행자의 몸과 마음과 말은 격투기를 배운 사람의 몸뚱이처럼 어디 하나 무기가 아닌 것이 없다. 쓰임에 따라 사람을 살릴 수도 있고 죽일 수도 있기 때문이다. 불법을 배우고도 세속의 욕망으로부터 자유롭지 못하게 사는 것과 격투기를 배워 어둠의 자식으로 사는 것에 무슨 차이가 있을 것인가.

빼앗은 재물의 가치를 알고 나서야
즐거워한 도적

옛날에 한 강도 무리가 강탈한 재물을 균등한 몫으로 나누었다. 그런데 녹야원에서 나온 캄발라옷*의 색깔에 흠이 있어 하등품으로 빼두었다가 강도의 무리 중에 가장 지위가 낮은 신참에게 주었다. 그는 그러한 불공평한 분배를 원망하며 손해를 봤다고 생각하고는 그것을 팔아버리려고 시장으로 나갔다. 그런데 지체 높고 돈 많은 사람들이 많은 돈을 내고라도 그것을 사고 싶어 했고, 그는 다른 강도들이 얻은 소득의 몇 배나 되는 돈을 받고 자기 몫으로 받은 흠이 있다고 생각한 귀한 물건을 팔고서야 크게 좋아하였다.

---

* 캄발라kambala옷 : 흠바라옷이라고도 하며, 모직천으로 만든 옷이다.

세상 사람들이 보시를 하면 어떤 과보가 있는지 알지 못한 채 시늉이나 내는 정도로 보시를 하다가 죽은 뒤 하늘에 태어나 한도 없는 즐거움을 누리면서 비로소 살아 있을 때 더 많은 보시를 하지 못한 것을 후회하는 것이 마치 신참 강도가 캄발라옷을 받았을 때는 원망하는 마음이 컸다가 큰돈을 쥔 뒤에야 좋아하는 것과 같은데, 보시도 이와 같아서 적게 하고 많이 받아 좋아할 때가 되어서야 좀 더 많이 하지 못한 것을 후회하게 된다.

　　한 것보다 더 많이 얻은 것 같은 뿌듯함을 자신이 아닌 다른 사람을 위해 일하는 것보다 더 분명하게 느낄 수 있는 게 있을까 싶다. 느낌이라는 것 자체가 양으로 환산할 수 없는 것을 모르는 바 아니다. 하지만 행복과 불행 또한 느낌과 무관한 게 아닌 것이라고 보면 선업의 과보가 한 것보다 받는 게 더 큰 것과 마찬가지로 악업의 과보 또한 저지른 것보다 더 클 것은 의심할 필요도 없다. 사실 많다거나 적다는 것 자체가 의미 없는 것일 수도 있다. 선업이든 악업이든 많이 하거나 적게 하는 것이 하는 것과 하지 않는 것보다 더 중요할 수 없기 때문이다. 실천 뒤에 따라오는 느낌보다 더 확실한 게 없는데 어떻게 해보기도 전에 확신에 차 단정할 수 있겠는가!

콩 한 개를 주우려다
콩 한 줌을 잃어버린 원숭이

한 손 가득 콩을 쥐고 길을 가던 원숭이가 실수로 콩 한 개를 땅에 떨어뜨렸다. 원숭이는 땅에 떨어진 콩을 찾으려는 생각으로 그만 한 줌 가득 쥐고 있던 콩을 놓아버렸다. 그러나 원숭이가 먼저 떨어뜨린 콩 한 개를 찾아내기도 전에 닭과 오리들이 달려들어 원숭이가 떨어뜨린 콩을 모두 먹어버렸다.

중생을 이롭게 하지 못하는 수행자도 그러기는 마찬가지라 어쩌다 계를 깨뜨리는 일이 생겨도 바로 참회하지 않고, 참회하지 않기 때문에 제멋대로 하는 일이 점차 늘어나 마침내는 모든 계율을 버리게 되는데, 그것이 땅에 떨어뜨린 콩 한 개를 찾으려다 손에 쥐고 있던 콩 한 줌을 모두 잃어버린 원숭이의 어리석은 행위와 다를 것이 없다.

조금 다른 이야기도 있다.

옛날에 부자 남편을 두고서도 다른 남자와 정을 통하던 여인이 어느 날 남편이 가진 보배들을 훔친 뒤 남자와 함께 도망쳤다. 두 사람이 제법 큰 강가에 이르렀을 때 남자가 여인에게 말했다.

"당신이 가진 보배를 먼저 강 저쪽에 옮겨놓은 뒤에 당신을 데리러 오리다."

여인에게 보배를 받아 강을 건넌 남자는 다시 돌아오지 않았고, 강을 건넌 남자뿐만 아니라 떠나온 남편 쪽에서도 여인을 찾으러 오는 이가 없었다.

물가에 남아 기다리는 여인의 눈에 새 한 마리를 물고 가는 여우가 보였다. 새를 물고 물가를 지나가다 물속에 있는 물고기를 본 여우가 물고기를 잡으려고 입을 벌리는 순간 물고 있던 새가 날아가버렸고 물고기도 어느새 여우의 시야에서 사라져버렸다. 당황하여 어쩔 줄 모르는 여우에게 여인이 말했다.

"어리석은 여우 같으니라고. 둘 다 가지려다 하나도 지키지 못했구나."

그 말을 들은 여우가 여인에게 말했다.

"나는 그렇다 쳐도 당신의 어리석음은 짐승인 나와 비교할 수도 없소."

콩을 손 안에 가득 쥐고 있던 원숭이가 조금만 더 현명했더라면 어쩌다가 콩 한 개를 떨어뜨리게 되었는지 살피려 했을 것이고, 그렇게 했더라면 떨어뜨린 콩 한 개를 되찾는 것은 물론 손 안에 가득 들고 있던 콩도 온전하게 지켜냈을 것이다.

날뛰는 마음을 놓치지 말라 하는 것은 콩 한 개를 떨어뜨리는 찰나적인 순간조차도 예외일 수 없다. 지금 이 순간 자신이 하고 있는 것에 집중하지 못한다면 누구라도 돌발적으로 일어나는 사건들에 마음을 빼앗기게 되고, 그렇게 되면 정작 중요한 게 무엇인지 알 수 없게 되어버리며, 당연한 결과로 찾아야 할 것과 지켜야 할 것 모두를 잃어버리고 만다.

튼튼해지는 것도 허약해지는 것도 모두 정진과 방일의 반복과 지속이 만들어내는 결과라고 할 수밖에 없지 않은가.

금족제비를 얻어
가슴에 품은 사람

옛날에 어떤 사람이 길 위에서 금족제비 한 마리를 줍게 되자 그것을 품고 기분 좋게 길을 갔다. 물가에 이른 그 사람이 물을 건너기 위해 옷을 벗고 금족제비를 그 위에 내려놓는 순간 금족제비가 독사로 변해버렸다. 그 사람이 뱀에게 물려 죽더라도 어쩔 수 없다고 생각하며 독사를 품에 넣은 채 물을 건너는데 그런 그의 지극한 마음에 감응이 일어났는지 뱀이 다시 금족제비로 돌아왔다. 옆에서 뱀이 금으로 변하는 것을 본 어리석은 사람이 그것을 실제로 일어나는 일로 생각하여 독사 한 마리를 가슴에 품었다가 그만 뱀에게 물려 죽고 말았다.

세간의 어리석은 사람들도 이와 같아서 선업을 지어 좋은 과보를 받는 것을 보고 아무런 진실한 마음도 없이 단지 잇속을 키우기 위해 바른 가르침에 빌붙었다가 삶을 마친 뒤에는 악도에 떨어지고 마는데 그것이 마치 독사를 품었다가 물려 죽는 것과 다르지 않다.

'부자병富者病'이라는 여태껏 들어본 적 없는 병을 앓는 젊은이가 있다. 바다 건너 미국에서 있었던 일이다.

부자 아버지에게서 태어나 돈의 바른 쓰임을 제대로 배우지 못한 이 청년은 열여덟 살 때 음주 상태로 운전을 하다 4명의 목숨을 앗는 사고를 저질렀지만 부친이 가진 돈의 위력을 여실하게 보인 끝에 법원으로부터 '부자병'을 앓는 환자가 되어 10년 보호감호 처분을 받아냈다. 그러나 그 것도 그를 바른길로 이끌지는 못했다. 보호감호 처분 4년 만에 이번에는 국경을 넘는 탈출극을 벌였지만 끝내는 이웃나라 멕시코에서 다시 외국 경찰에 체포되고 말았다.

그러고 보면 돈이 없어 죄를 짓게 된다는 말은 백 번을 양보한다 하더라도 절반의 진실 그 이상이 될 수 없고 돈이면 무엇이든 할 수 있다는 사람들의 말 또한 우리가 정설처럼 믿고 있는 것 이하의 신빙성을 가질 뿐이다.

가르침이나 배움 또한 예외일 수 없다. 오로지 행으로서 삶으로서 실현되지 않는 그 어떤 것도 그 자체로 선이라거나 악이라고 할 수 없다.

불교에 귀의하는 것은 단지 시작일 뿐이다. 새로운 사람으로 바뀌어 새로운 삶을 시작하기 위한.

길을 가다
돈주머니를 주운 사람

옛날에 한 가난한 사람이 길을 가다가 우연히 금화가 든 주머니를 줍게 되었는데 기쁜 마음에 그 자리에서 바로 돈을 세어보았다. 그런데 미처 다 돈을 세어보기도 전에 돈주머니를 잃었던 주인이 돌아와 돈을 모두 되찾아가버렸다. 이 사람은 돈을 주운 즉시 그 자리를 떠나지 않았던 것을 후회하면서 아쉬워하는 마음을 달래지 못하고 극심한 고통에 시달렸다.

불법을 만난 사람도 마찬가지다. 삼보의 복전을 만나고도 부지런히 좋은 가르침을 닦아 선업을 지으려고 하지 않다가 하루아침에 죽게 되어 삼악도로 떨어지고 마는데, 그 어리석음이 마치 주운 돈을 주인에게 빼앗겼다고 생각하며 괴로워한 사람과 같다. 이것을 게송으로 말하면 아래와 같다.

오늘은 이 일을 만들고
내일은 저 일을 하면서
괴로움을 생각 않고 즐거움에 집착하다
죽음이 이른 것도 모르고 세상을 뜨네

이 일 저 일 바쁘게 쫓아다니는 꼴이
범부중생 누구 하나 다름없으니
그 모양이 마치 주운 돈을 헤아리다
주인에게 빼앗긴 것과 다를 것이 없네

숟가락 논쟁은 늘 시끄럽다. 전도유망한 젊은이들이 금숟가락과 흙숟
가락을 비교하며 자신의 삶이 흙숟가락이었음을 확인하면서 아까운 삶
을 마치는 일도 벌어진다. 하지만 금숟가락을 희망으로 보고 흙숟가락을
절망으로 보는 도식적인 안목과 사고는 아쉽기만 하다.

희망도 절망도 누구나 자기가 선 그 자리에서 생기고 사라지는 법이
다. 아무리 생각해봐도 죽는 용기보다 더 큰 용기를 떠올릴 수 없는데 그
러고 보면 죽을 수 있는 사람이라면 못할 일이 없다는 설명도 된다.

머리가 나빠서 공부를 못하는 것도 아니고 부자 부모를 두지 못해서
가난하게 사는 것도 아니며 잘 사는 길이 없어 지옥에 가는 삶을 사는 것
도 아니다. 누구도 다른 누구보다 더 높은 자리에는 올라갈 수 없지만 누
구라도 자신이 오를 수 있는 가장 높은 곳에는 올라갈 수 있다.

가장 어두운 새벽에 동이 트기 시작하는 것처럼 가장 추운 겨울 속에
서 따뜻한 봄이 성숙하는 것처럼 절망의 순간에도 희망의 씨앗은 싹을
틔울 힘을 키운다. 부지런한 발걸음을 멈추지 않는 이에게 그날이 어찌
오지 않을 것인가!

부자만큼 갖게 되기를 바란
가난한 사람

옛날에 한 가난한 사람이 재산을 조금 갖고 있었는데 큰 부자를 본 다음에 그 부자가 가진 재산만큼 갖고 싶어졌다. 그러나 그처럼 될 수 없다는 것을 알고 자기가 가진 얼마 되지 않는 재물조차 물속에 버리려고 했다. 그것을 보고 어떤 사람이 말했다.

"당신이 가진 것이 비록 많지 않지만 그것으로 당신이 며칠은 살 수 있을 것인데 어째서 그것을 물속에 버리려고 하는가?"

세상의 어리석은 이들도 이와 같아서 출가를 한 뒤에도 마음속으로 바라는 것에 비해 적은 것을 얻었다고 생각하며 만족해하지 않는다. 그는 오랜 수행으로 덕행이 크고 높은 스님들이 사람들의 존경과 공양을 받는 것을 보고 그와 같이 되었으면 좋겠다고 생각하지만, 그럴 수 없다는 것을 알고 마음속으로 괴로워하다가 마침내 불법에 따라 살기를 그만두어 버리는데, 그것이 마치 가난한 사람이 부자와 같이 되기를 바라다가 자기가 가진 재물조차 버리려고 한 것과 다를 것이 없다.

이 이야기를 읽게 될 것을 알고 얼마 전에 화엄휴정의 게송을 만나게 되었나 보다. 적국과의 전쟁에서 승리하기를 바라며 하늘에 제를 올리던 임금이 선사에게 물었다.

"우리가 이기기를 바라는 것처럼 적들도 하늘에 제사를 지낼 것인데 하늘이 누구의 기원을 이뤄줄지 어찌 알겠소?"

왕의 물음에 선사가 말했다.

"하늘에서 내리는 비는 말랐거나 무성한 것을 가리지 않습니다. 만물이 모두 저마다의 힘으로 비를 취하여 윤택해질 뿐입니다."

그러고는 아래와 같은 게송을 읊었다.

不揀榮枯 불간영고
一雨普潤 일우보윤
三草二木 삼초이목
各得生長 각득생장

무성하거나 말랐거나 가리지 않고
비는 언제나 모두를 고루 적시고
산천의 꽃과 풀 크고 작은 나무들
제 나름의 깜냥으로 자랄 뿐이네

    지구상에 사는 칠십억 인구의 얼굴이 모두 다른 것처럼 그들 한 사람 한 사람이 가진 재능과 특기 또한 모두 다르다. 부처님께서 이 땅에 오셔서 선언하신 첫 말씀만 해도 그렇다. '이 세상에 오직 나 홀로 존귀하다(천상천하유아독존天上天下唯我獨尊)'는 말은 오직 부처님 한 분만 존귀하다는 말이라기보다 각각의 생명 하나하나가 모두 존귀하다는 선언으로 읽는 것이 맞다.

    그러나 그것이 개체마다의 특성을 무시한 채 모두가 똑같다는 말일 수 없고 마찬가지로 '동등同等'도 '차별이 없다'가 아닌 '차이가 없다'로 읽을 수 없다. 우리 모두가 지어온 '인因'이 다르고 만나는 '연緣'이 다른 사람들이기 때문이다.

    삶의 목표란 모름지기 가장 높은 자리에 오르는 게 아니라 저마다 자신의 그릇에 가득 차게 살아내는 것이라야 할 것인데 '누구만큼'이라거나 '누구처럼'이라는 어리석은 바람으로 자신의 삶을 힘들게 할 까닭이 없지 않은가!

기분이 좋아지는
약에 취한 아이

옛날에 한 유모가 아기를 안고 길을 가다 피곤해서 깊은 잠에 빠졌다. 그때 한 사람이 다가와 기분이 좋아지는 알약을 아기에게 주었다. 알약을 받은 아기는 그 맛에 취해 자기 몸에 걸친 것들에 대해 관심이 사라졌다. 그 사람은 곧바로 아기 몸에 걸친 목걸이와 값비싼 장신구 및 옷가지들을 갖고 도망쳐버렸다.

출가한 수행자들도 마찬가지다. 소란스럽고 북적거리는 곳에서 자그마한 잇속을 욕심내다가 번뇌라는 도적에게 자기가 가진 공덕이라는 보배를 빼앗겨버리는데, 그것이 마치 좋은 맛을 탐하다가 자기 몸에 걸친 귀한 것들을 도적에게 빼앗겨버린 어린 아기와 하나도 다를 것이 없다.

살다 보면 이름만큼은 지켜야 할 것 같은 생각이 들고 넘칠 만큼은 아니더라도 모자라다는 생각 없이 살 수 있는 재물도 갖추고 싶다. 더불어 남에게 피해를 당하지는 않을 정도의 힘도 지니기를 바라는 건 인지상정이다.

문제는 누구라도 수긍할 수 있는 정도를 특정하는 게 사실상 불가능에 가깝고 이 세상 누구도 그 정도를 특정할 수 있을 만큼의 유일한 권위를 갖지 못했으며 세상에는 필설로 다할 수 없는 다종다양한 욕구와 절제의 방법과 수준이 병존한다는 점이다.

　그러니 이 문제는 어쩔 수 없이 인류 전체의 것인 동시에 또한 철저히 한 개인의 문제로 귀착될 수밖에 없다. 화려한 불꽃에 대한 단순한 호기심이 아이의 손에 돌이킬 수 없는 화상을 입히고 자그마한 먹이에 대한 탐욕이 하늘에서 물속까지 생명 가진 것들의 목숨을 버리게 하듯 세속의 탐욕에 부화뇌동하지 않고 사는 삶의 길을 찾아 떠난 이들에게도 위험한 것은 세속에서 부럽게 보아온 삶, 남보다 내가 더 많이 지니고 남보다 내가 더 편히 지내고 남을 섬기기보다 남을 부리며 사는 삶에 대한 동경이다. 그러니 때때로 거울 앞에 서서 자신의 달라진 모습을 비쳐볼 일이다.

　그리고 생각해볼 일이다. 버려두고 온 길과 나아가야 할 길이 무엇인가에 대해.

곰에게 쫓기다
나쁜 꾀를 낸 노파

옛날에 한 노파가 나무 밑에서 쉬고 있었는데 곰 한 마리가 나타나 노파를 붙잡으려고 했다. 노파는 나무를 끼고 돌며 도망치고 곰은 그런 노파의 뒤를 쫓았다. 노파를 쫓던 곰이 한 손으로 나무를 붙잡고 한 손으로 노파를 잡으려고 할 때 노파가 갑자기 나무를 껴안으며 곰의 두 앞발을 잡아버리자 곰이 움직일 수 없게 되어버렸다. 이때 어떤 사람이 나무 아래 이르자 노파가 그에게 말했다.

"나와 함께 이 곰을 잡아 고기를 나누기로 합시다."

노파의 말을 믿은 그 사람이 함께 곰을 껴안는 순간 노파가 곰을 붙잡고 있던 손을 놓고 도망가 버렸다. 노파가 떠난 뒤 그 사람은 곰에게 곤욕을 치러야 했다. 이렇게 어리석은 이들은 세상 사람들의 웃음거리가 된다.

세속의 범부들도 이와 같아서 여러 가지 다른 논설들을 만들어내는데 이론이 바르지도 않을뿐더러 글과 말이 번잡하고 빈 구석이 많아 끝내는 완성을 보지 못하고 세상을 뜨고 만다.

뿐만 아니라 후대 사람들이 그의 유작을 얻어 그 뜻을 해석해보려고 해도 끝내 그 뜻에 통달하지 못한 채 어려움을 겪게 되는데 그것이 마치 곰을 대신 잡으려다가 해를 당한 이야기 속 어리석은 사람과 같다.

무엇이든 처음 배울 때는 조심스럽고 두려운 마음이 크지만 뭔가 좀 알 것 같다는 생각이 들기 시작할 때가 되면 어느새 그 자리에 성급한 자신감이 들어서게 되고 그런 자신감을 그대로 방치해두면 얼마 못 가 자만심이 되어버린다.

자신이 하는 말이 바른말이고 다른 사람들이 하는 말은 모두 이치에 어긋나는 말로 여기게 하는 것이 바로 그 자만심인 것이고 보면 자만심이야말로 성취를 방해하는 가장 큰 장애라고 할 수도 있다.

이루지 못한 사람에게 '자리自利'와 나란히 해야 할 '이타利他'를 기대할 수는 없는 일이다. 자신의 잇속을 꾀하는 이들은 인과因果의 도리를 생각하지 않으며 그렇게 지어진 한 사람의 악업의 해악이 여러 사람에게 미치는 경우가 적지 않은데 세상이 밝은 지혜로 살아가는 사람으로만 이루어진 것이 아니며 나쁜 의도를 알아보지 못한 이들이 잇속을 좇아 공업共業을 짓는 일도 허다하기 때문이다.

배우는 이들이 분명히 알아야 할 일이고 성인의 가르침을 전하며 살기를 꿈꾸는 이들 역시 잊지 말아야 할 일이다.

'마니'의 뜻을 잘못 이해한
어리석은 사람

옛날에 어떤 남자가 다른 사람의 부인과 바람을 피우고 있었는데, 밖에 나갔던 여인의 남편이 집에 돌아와 그 사실을 알고 문 밖에서 남자가 나오면 죽이려고 기다리고 있었다. 그것을 알아챈 여인이 남자에게 말했다.

"남편이 알아차린 모양이에요. 다른 곳은 모두 마땅하지 않지만 마니(하수구)라면 당신이 무사히 빠져나갈 수 있을 거예요."

그러나 '마니'란 말을 마니주로 잘못 알아들은 남자는 마니주를 찾기 위해 여기저기 기웃거리다 찾지 못한 채 '마니주를 찾지 못하면 절대 이곳을 떠나지 않을 것'이라고 생각하다 그만 여인의 남편에게 발각되어 죽임을 당하고 말았다.

세간의 어리석은 이들도 마찬가지다. 어떤 사람이 말하기를 "생사윤회 중에 영원한 실체란 존재하지 않는다. 몸과 마음은 번뇌에 얽매이고 일체 사물은 다만 인연의 화합에 의해 어느 기간만 존재하며 주재자에 의해 만들어지는 것도 아니고 영혼이란 것이 있는 것도 아니다. 영원하지 않은 것이 괴롭지만 괴로움이라는 것도 공하여 실체가 있는 것은 아니다. 그러므로 아무것도 없다는 것에서도 떠나고 무엇인가 있다는 것에서도 떠나는 중도의 자리에서만 생사의 얽매임으로부터 자유로워질 수 있다."고 했다.

그러나 어리석은 이들은 그 말을 잘못 이해하여 이 세상에 끝이 있는가 아니면 없는가, 중생들에게 '나'라는 게 있는가 아니면 없는가에 대해 생각하다가 끝내는 중도의 이치를 깨닫지 못한 채 어느 날 갑자기 죽어야 할 날을 맞아 '무상'이라는 것에게 죽임을 당하여 삼악도로 떨어지고 마는데, 그것이 마치 바람을 피우던 남자가 여인의 말을 잘못 알아듣고 사방을 기웃거리며 마니주를 찾다가 여인의 남편에게 죽임을 당한 것과 다르지 않다.

등산로가 그려진 지도를 갖고 있고 지도를 볼 수 있는 지식 또한 갖췄다고 해도 그것을 직접 땀 흘리며 산에 올라본 사람의 경험과 비교할 수는 없는 일이다. 실천이 결여된 앎은 아무런 힘을 발휘할 수 없기 때문이다.

그러나 실천이라고 해서 허물이 전혀 없는 것은 아니다. 제대로 알지 못한 채 이뤄지는 실천 역시 소득 없는 헛고생에 지나지 않기 때문이다.

學而不思卽罔 학이불사즉망
思而不學卽殆 사이불학즉태

배우고도 그것에 대해 깊이 생각하지 않으면 얻는 게 없고
배우는 것 없이 생각만 깊어지면 위태로워진다.
- 《논어論語 · 위정爲政》 중에서

배우는 것 없이 생각만 깊이 하는 것이나 배우고도 생각을 깊이 하지 않는 것이나 배운 뒤에 생각까지 하고서도 실행으로 옮기지 못하는 것 모두 개인이든 집단이든 그 삶에 아무런 보탬이 되지 못한다.

'안다'는 생각보다 더 무서운 것이 없고 '모른다'는 겸손함보다 더 좋은 것이 없으며 열 가지 바른 앎이 제대로 된 한 가지 실천을 따를 수 없다 하겠다.

어리석어 짝을 죽인
수비둘기

옛날에 암수 두 마리 비둘기가 한 둥지에 살고 있었다. 가을이 되고 열매가 잘 익자 둥지에 열매가 가득 차게 되었다. 그런데 얼마 후 둥지에 가득 차 있던 과일이 반 밖에 남아 있지 않은 것을 본 수비둘기가 물었다.

"힘들게 과일을 물어다 모아두었더니 네가 혼자 몰래 먹어 반만 남아 있구나."

암비둘기가 말했다.

"나는 먹지 않았어요. 과일이 그냥 절로 줄어든 것이에요."

수비둘기는 그 말을 믿지 않고 화를 내며 말했다.

"네가 혼자 먹지 않았다면 어떻게 과일이 저절로 줄어들 수 있겠어?"

그러고는 부리로 쪼아 암비둘기를 죽여버렸다.

며칠 뒤 비가 내리자 물기를 머금은 과일이 원래의 분량대로 늘어나 있는 것을 본 수비둘기가 그때야 자기 잘못을 뉘우치며 말했다.

"그녀가 먹은 것이 아니었는데 내가 잘못해서 그녀를 죽게 했구나."

그러고는 울면서 말했다.

"자기야, 어디로 간 거야?"

범부들도 이와 같아서 마음속으로 잘못된 생각으로 사물의 변천을 살피지 못한 채 다섯 가지 즐거움을 추구하다가 몸과 마음과 말로 큰 잘못들을 저지르다가 결국에는 후회해도 어쩔 수 없는 지경에 이르고야 마는데, 그렇게 되어서는 어리석은 수비둘기처럼 슬프게 울 일밖에 남는 게 아무것도 없다.

이 경우 알고 모르고는 그다지 중요하지 않다. 문제가 되는 것은 '나'의 안에 자리 잡은, 좀처럼 움직일 생각이 없는 '선입견'이기 때문이다. 색안경을 쓴 채로 보고자 하는 것의 본래 색깔을 볼 수 없는 것처럼 선입견을 가진 사람은 무엇이든 있는 그대로를 볼 수도 들을 수도 없다.

누구든 '나'를 '나'의 중심에 둔 채로 상대방의 입장을 이해할 수 없다. '나'의 자리를 버리고 '다른 사람'의 자리에 설 수 있을 때에만 누구라도 '나' 아닌 '다른 사람'의 처지를 이해할 수 있게 된다.

수분을 잃으면 과일의 크기가 줄어들고 물기를 머금은 과일은 다시 제 크기를 회복한다는 것을 모르고 있었다 하더라도 수비둘기가 자신의 의심 대신 암비둘기가 하는 말을 믿었더라면 짝을 잃을 일도 짝을 잃고 나서 울 일도 생기지 않았을 것이다.

말을 들어보기도 전에 자기 생각이 합당하다고 단정해버리고 합당한 말을 듣고 나서도 잘못된 자기 생각을 바꾸려고 하지 않는다면 누구라도 암비둘기를 죽인 수비둘기와 같은 잘못을 저지를 수밖에 없고 그렇게 되어서는 슬피 울 일밖에 남는 것이 아무것도 없게 되고 만다.

일부러 자기 눈을
멀게 하려고 한 사람

옛날에 한 장인匠人이 임금을 위해 일하고 있었는데 힘든 것을 견딜 수 없게 되자 거짓말로 눈이 보이지 않는다고 말한 뒤 힘든 일에서 벗어날 수 있었다. 다른 장인 한 사람이 그 말을 듣고 자기 눈을 도려내 힘든 일에서 벗어나려고 했다. 옆에 있던 사람이 말했다.

"다른 것 다 놔두고 하필 눈을 파내서 힘든 일을 피하려고 하는가?"

이 어리석은 사람은 세상 사람의 우스갯거리가 되었다.

사람들이 하는 짓도 이와 같아서 작은 명예나 잇속을 위해 거짓말을 하고 지켜야 할 계율을 무너뜨린 뒤 죽은 뒤에 삼악도로 떨어지고 마는데, 그것이 꼭 작은 이익을 위해 자기 눈을 파버린 어리석은 사람과 다를 것이 없다.

평소에 몸이 허약한 청년이 있었는데 군 입대를 위한 신체검사를 앞두고 한 가지 꾀를 냈다.

몸무게를 줄여 체중미달로 군 입대를 면제받기로 결심한 청년은 이후 식사를 끊고 술로만 보름을 살았고 검사장에 나타났을 때 청년의 모습은 숨만 겨우 붙어 있는 모습이었다. 검사관은 당연하게 그런 청년에게 나라의 방위를 맡길 수 없다 판단했고 소원을 이룬 청년은 기분이 좋아 밤을 새워 술을 마셨는데 그날 이후 청년은 살아서 가족과 친구들을 만날 수 없었다.

젊은 날 들었던 이 이야기가 사실인지 지어낸 이야기인지는 알지 못한다. 그러나 그날 이후 꽤 오랜 세월을 살아오면서 군 입대와 관련하여 떳떳하지 못한 과거를 지닌 수많은 사람들을 보았고 그 가운데 더러는 그로 인해 살아오면서 쌓은 것들에 부끄러운 망신을 당하기도 했다.

수행자들의 세계라고 달라질 까닭이 없다. 출가자가 재가자에게 공경을 받을 수 있는 이유는 세속을 떠났다는 사건 때문도 아니고 세속을 떠나 사는 사람이라는 신분 때문만도 아니며 재가자가 넘보기 어려운 청정한 삶을 산다는 믿음이 전제되어 있기 때문이다. 어리석어서 부끄러움을 모르고 계율도 무너뜨리고 마는 것이겠지만 연기를 배우고 중도를 배우고 인과와 지혜를 배운 이로서 그것이 종국에는 자신을 파멸의 길의 끝에 서게 하리라는 것까지도 어찌 모르겠는가.

도적에게 귀한 옷과
금을 빼앗긴 어리석은 사람

옛날에 두 사람이 짝이 되어 길을 가다가 도중에 도적을 만나 그중 한 사람은 고급 모직으로 지은 옷을 빼앗기고 또 한 사람은 도망을 쳐 덤불 속에 숨었다. 옷깃 속에 금화金貨를 감춰두었다가 옷을 빼앗긴 사람은 도적에게 말했다.

"이 옷은 금화 한 개의 가치가 있는데 그 금을 줄 테니 나를 풀어주시오."

도적이 물었다.

"그 금이 어디 있느냐?"

그는 옷깃을 헤친 뒤 그 속에 넣어둔 금화를 꺼내 도적에게 보여주며 말했다.

"이것은 진짜 금이오. 만약 내 말을 믿지 못하겠거든 나와 함께 길을 가다 덤불 속에 숨어 있는 금세공사에게 물어보시오."

도적은 덤불 속에 숨어 있는 사람을 찾아내 그 사람의 옷까지 빼앗아 버렸다. 자신의 고급 옷과 금화를 모두 잃은 어리석은 사람 때문에 다른 사람까지도 입고 있던 옷을 빼앗기게 되어버린 것이었다.

범부들이 하는 짓도 이와 같아서 여러 가지 도를 닦고 공덕을 짓다가도 일단 번뇌라는 도적을 만나면 그때까지 배운 바른 가르침과 자신이 쌓아 올린 공덕을 모두 잃어버리게 되는데, 자신의 공덕과 이익만 잃는 것이 아니라 다른 사람의 공덕까지도 잃어버리게 한다. 그리하여 몸이 쇠해지고 목숨이 다하게 되면 삼악도로 떨어지게 되는데, 그것이 마치 좋은 옷과 금화를 한꺼번에 잃어버린 사람이 다른 사람이 가진 것까지 잃어버리게 만든 것과 같다.

강도를 만났을 때 우정이나 윤리, 가격 등을 말하는 것은 호랑이와 함께 호랑이 가죽을 얻는 방법에 대해 이야기하는 것과 마찬가지다. 더구나 그것이 자신의 잇속에 대한 경솔한 헤아림의 결과로 이뤄진 것이라면 자신은 물론 다른 사람에게까지 피해가 확대되는 결과를 초래하고 만다.

다른 사람을 이롭게 하고 다른 사람을 칭찬하는 것의 중요성을 모르지 않지만 웬만한 노력과 체화의 과정을 거치지 않고는 몸과 마음 깊이 각인된 자신을 앞세우는 크고 단단한 장애물을 넘어서기 어렵다.

그러니 수양이 웬만큼 깊어지지 않고서는 자리自利를 넘어 이타利他로 나아가기가 절대 쉬울 수 없다.

그렇게 되려면 자기보다 나아 보이는 사람에게 싫어하는 마음이 생기지 않아야 하고 자신보다 못해 보이는 사람을 깔보는 마음 또한 생기지 않아야 하며 자신을 아끼듯 다른 사람에게도 연민의 마음을 낼 수 있어야 할 것이다.

위에서 읽은 이야기에서도 알 수 있는 것처럼 남의 물건을 빼앗는 도적보다 더 나쁜 사람이 자기 것을 빼앗긴 것도 모자라 다른 사람의 것까지 빼앗게 만드는 사람이다. 그에게는 자신을 지킬 수 있는 지혜가 없는 것은 말할 것도 없고 다른 사람이 당하게 될지도 모를 위험을 막아주려는 자비의 마음도 없었다. 그리하여 자신의 잇속을 차리기 위해 생각해낸 잔꾀 때문에 가진 것을 모두 잃고 더불어 함께 길을 가던 사람에게까지 손해가 나는 일을 당하게 하고 말았다.

깨달음을 구하고 나아가 중생제도라는 큰 바람을 품은 이라면 마땅히 깊이 새겨 삼가고 살펴야 할 일일 것이다.

아흔여덟 번째 이야기

큰 거북이를 잡은
어린아이의 비유

옛날 어떤 어린아이가 육지에서 놀다가 큰 거북 한 마리를 얻었는데, 그것을 죽이고 싶었으나 그 방법을 알지 못하여 어떤 사람에게 물었다.

"어떻게 죽여야 합니까?"

어떤 사람이 대답하였다.

"너는 그것을 물 속에 던져 두라. 그러면 곧 죽을 것이다."

그 때 아이는 그 말을 믿고 그것을 물 속에 던졌다. 그러자 거북이는 물을 만나 곧 달아나 버렸다.

범부들도 이와 같아서 여섯 가지 감관六根을 지켜 갖가지 공덕을 닦으려 하지만 그 방법을 알지 못하여 어떤 사람에게 묻는다.

"어떤 인연을 지어야만 해탈을 얻을 수 있습니까?"

그러면 삿된 견해를 가진 외도와 천마天魔 파순波旬, 그리고 나쁜 벗이 그에게 말한다.

"너는 그저 여섯 가지 대상 경계(육진六塵)를 마음대로 받아들이고 다섯 가지 욕심을 마음대로 즐기도록 하라. 내 말대로 하면 틀림없이 해탈을 얻을 것이다."

이리하여 그 어리석은 사람은 깊이 생각하지도 않고 곧 그 말을 따르다가, 몸이 허물어지고 목숨이 끝난 뒤에는 세 갈래 나쁜 세계에 떨어지니, 마치 저 어린아이가 거북이를 물 속에 던져 놓아준 것과 같다.

살아가면서 어떻게 사는 것이 참된 길인지 문득 궁금해질 때가 있다. 이렇게 계속 살아가도 괜찮은 것인지, 내가 완전히 잘못 살아온 것은 아닌지, 더 나은 길이 있기는 한 것인지... 이런 의문이 덮칠 때면 누군가를 찾게 된다. 선지식이라는 이가 그럴 때 우리에게 필요한 사람은 아닐는지.

수소문해서 스승이라 여기고 섬길만한 이를 찾으면 한걸음에 달려가서 인생의 길을 묻게 되는데, 스승 앞에 불쑥 질문을 꺼낸 뒤 돌아오는 대답에 마음이 널 뛰듯 한다. 내가 듣고 싶었던 대답을 들려주면 행복해서 기쁨에 날뛰고 반면 애써 외면해왔던 말을 들려주면 부끄러움과 분노에 휩싸인다.

대체로 우리는 안심하기를 좋아하는데, 살던 대로 계속 살아도 된다는 말을 들을 때 안심하는 것이 보통 사람들이다. 그냥 살던 대로 살아라, 그래도 괜찮다... 이 한 마디를 얻으려고 그리 노심초사한 건 아니건만 이 한 마디에 안심하고 위안을 삼는다.

어쩌면 이것이 우리를 계속 답답한 범부로 살게 내버려두는 처사는 아닌지 되돌아볼 일이다. 하루가 불안하고 일분일초가 답답한 이 현실에서 작은 위로와 격려는 큰 기쁨일지 모르나 다람쥐 쳇바퀴 돌던 그 틀에서 자유롭기란 요원해진다.

어떤 말을 대답으로 듣더라도 생각하고 또 생각해볼 일이다. 내가 그 대답을 들으려고 이렇게까지 노심초사했는지도 반성해볼 일이다.

게송

풍자와 해학,
그 속에 담긴 삶의 지혜

이 이야기는 내가 지은 것으로
우스운 이야기로 엮은 것인데
혹시라도 바른 말이 다치지 않게
읽는 이는 그것을 잘 살펴야 한다.
먹을 때 맛이 쓰고 독한 약물을
달콤한 꿀과 함께 섞어 먹으면
그 약이 온갖 병을 낫게 하듯이
이것도 그렇게 하기 위한 것이다.
바른 가르침 가운데 우스갯소리는
비유하자면 아주 강한 약과 같아서
부처님의 바른 법이 고요함 속에
밝고 환하게 이 세상을 비추게 한다.

배 아플 때 설사약을 먹고 난 다음
우유로 온 몸을 부드럽게 하듯이
나도 지금 이야기 속 뜻을 따라서
참선 중에 가르침을 드러나게 하는데
그건 마치 병에 잘 듣는 아가타*약을
나뭇잎으로 잘 싸서 두는 것과 같으니
약물을 상처 위에 바른 뒤에는
나뭇잎을 미련 없이 버려야 하고
우스갯소리도 약을 싸는 나뭇잎처럼
진실한 뜻이 그 안에 담겨 있으니
지혜로운 이는 바른 뜻을 취한 다음에
마땅히 우스갯소리를 버려야 한다.

존자 승가사나 《백구비유경百句譬喩經》의 편집을 마치다.

---

* 아가타阿伽陀 : 산스크리트 아가다Agada의 음역. 온갖 병을 고치는 인도의 신비한 약을 말하며 술의 일
  종이라고도 한다. 여기서는 부처님 가르침이 모든 번뇌를 없애는 것에 빗대어 말하였다.

끝마치며

2년이면 넉넉할 것이라 생각했었다. 처음부터 한문 원서로 일주일에 한 편씩만 읽을 생각을 했기 때문이다. 그랬던 게 중간에 예정에 없이 입원을 하는 돌발변수가 생겨버렸고 무너진 몸을 다시 만들어내느라 반 년 이상 완독의 시기가 늘어져버렸다.

예정했던 것보다 늦어진 것은 내 탓이라 해야 할 것이고 예정보다 늦게라도 아흔여덟 번째 마지막 이야기를 읽을 수 있게 된 것은 순전히 오늘이 있게 노심초사 애써준 한 사람의 공이라 해야 할 것이다. 함께 읽어준 분들이 고맙고 함께 읽을 수 있게 해준 그 사람이 고맙고 읽을 때마다 살면서 저지른 어리석은 일들과 세월들을 돌아보게 해준 선인들이 고맙다.

들돌 이현수
풀어 쓴 글에 덧붙여

백일동안 백 가지 이야기

비유로 풀어 쓴 백유경

초판 1쇄 발행 2021년 7월 20일

지은이　　이현수
감수　　　이미령

펴낸이　　오세룡
편집　　　정해원 전태영 유나리 손미숙 박성화
기획　　　최은영 곽은영 김희재
디자인　　김효선 고혜정 장혜정
홍보 · 마케팅　이주하

펴낸곳　　담앤북스
　　　　　　서울특별시 종로구 새문안로3길 23 경희궁의 아침 4단지 805호
　　　　　　대표전화 02)765-1251　전송 02)764-1251
　　　　　　전자우편 damnbooks@hanmail.net
　　　　　　출판등록 제300-2011-115호

ISBN　　　979-11-6201-302-1(03810)

정가 14,000원